推活
英語篇
讓世界更寬廣

監修・劇團雌貓

INTRODUCTION
前言

不管是在演唱會或粉絲活動的會場上，或是在影片和社群媒體的評論中，在這個跨國境共享內容的時代，追星族們總可能在各種場合中接觸到世界各地的語言。

到目前為止，我們劇團雌貓在探訪眾多御宅族的過程中，了解到各國粉絲對「推」付出的深厚愛意，而且還超越語言，產生了許多共鳴。面對最愛的人物或角色時感到「尊貴」的心情，或者因其無比的魅力而讓人忘記思考，甚至喘不過氣的感覺，是全世界共通的。而如此心境的表達方式，也不僅限於日語。

為了造福那些「想要跨越國界，享受追星樂趣」的人，我們這次特別針對英語來為大家介紹相關的表達方式及字彙，這就是《推活讓世界更寬廣！英語篇》。在製作過程中，我們得到了超過百名御宅族的熱心協助。不管是漫畫、動畫、遊戲，還是偶像……在請於各個領域中從事「推活」的追星族填寫問卷調查時，我們發現大家都「想用英語來表達這些單字和句子！」而且回應相當熱烈。在此先向大家表達心中的謝意。

不管是希望自己的推活世界更加遼闊的人，還是已經開始用英語追星的人，就讓我們一起來探索這令人興奮不已的「推活英語」世界吧。希望明天的你能找到想要說出的推活英語！

監修者
劇團雌貓

HOW TO USE

本書的使用方法

這是一本能拓展推活（追星）世界的工具書，也是一本讓大家在社群媒體或與御宅族同伴聊天時，能夠用日常生活中的英語來表達想法的語言學習書。章節主要分為單字頁和句子頁，結構如下：

單字頁　　CHAPTER 1

掌握「推」、「坑」、「尊」等必學的推活基本用語！

【 基本單字 】

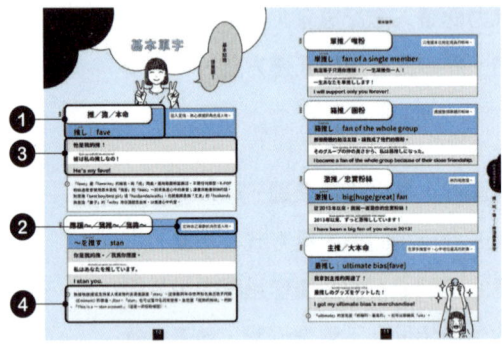

❶ 不分類別，介紹經常使用的66個基本字彙。
❷ 列出單字的意思。有些詞語有多種解釋，不過這裡只擇其中一例來介紹。
❸ 列出與標題詞語相關的例句。
❹ 解釋詞語的由來和近義詞。

【 其他單字 】

❶ 分為「商品銷售・周邊商品」、「影片・社群媒體」等類別。
❷ 收錄了各個類別常用的264個字彙。
❸ 對話框裡解釋的是詞語的由來和近義詞。
❹ 刊載與各個類別有關的迷你知識。

句子頁　CHAPTER 2~5

「等等，我受不了，要瘋了。」、「我可以腦補一整晚。」……
追星時可以使用的句子不勝枚舉！

❶ 依「向推傳達心意」、「與宅友交流」等情境分類。
❷ 依各個情境加以細分。
❸ 列出三個具代表性的句子。
❹ 介紹其他的表達方式和需要注意的地方。
❺ 列出相關句子。

- 本書以英語母語人士中的年輕人所使用的表達方式為中心，介紹的是美式英語。
- 本書中出現的日語起源字彙，包含了一些尚未普及到一般英語母語使用者的詞語，但這些字彙在各類型的御宅族之間通常會和其他英文字一樣使用，故不特地用斜體標示。
- omg、lol 等的縮寫，是假設在社群媒體中書寫而使用的。

CONTENTS
目錄

CHAPTER 1　推、坑、尊……推活基本單字

基本單字	10
推的對象	30
推的作品・活動	31
現場（演唱會、戲劇等）	36
與偶像見面的活動（握手會、見面會等）	41
商品銷售・周邊商品	42
影片・社群媒體	44
COLUMN　用英語解釋御宅族文化吧	46

CHAPTER 2　向推傳達心意的實用句子

CASE 1　表達愛意	48
CASE 2　讚美	52
CASE 3　提出問題或要求	56
CASE 4　慶祝	58
CASE 5　鼓勵	60
CASE 6　感謝	62
CASE 7　應援與關心健康	64
COLUMN　粉絲信的寫法	66
COLUMN　表達「喜歡」的句子	84

CHAPTER 3　與宅友交流的實用句子

CASE 1	分享推的魅力	86
CASE 2	分享作品的感想	92
CASE 3	提問・呼籲	98
CASE 4	回應發文或留言	102
CASE 5	拉新粉入坑	106
CASE 6	去現場應援　①參戰前	112
CASE 7	去現場應援　②商品銷售	116
CASE 8	去現場應援　③正式朝聖	120
CASE 9	聖地巡禮	124
COLUMN	社群媒體上常用的縮寫	126

CONTENTS

CHAPTER 4　與管理團隊（運營）溝通的實用句子

CASE 1　傳達意見和建議 ──── 128
CASE 2　洽詢 ──── 132
CASE 3　感謝與慰勞 ──── 136
COLUMN　正式電子郵件的寫法 ──── 140

CHAPTER 5　海外遠征的實用句子

CASE 1　與工作人員溝通 ──── 142
CASE 2　處理問題 ──── 146
CASE 3　與其他粉絲交流 ──── 149
COLUMN　「太棒了」的相關說法 ──── 152

SPECIAL CONTENTS
告訴我吧！跨越國境的推活小故事

劇團雌貓＆跨越國界的御宅族座談會 ──── 154
詢問了100位御宅族　全球推活情況 ──── 164

INDEX　索引
單字索引 ──── 170
句子索引 ──── 174

ENGLISH FOR
OSHIKATSU

CHAPTER **1**

推、坑、尊⋯⋯
推活基本單字

基本單字

基本知識很重要！

001 推／擔／本命

投入愛情、熱心應援的角色或人物。

推し(oshi) ｜ fave

他是我的推！

彼は私の推しなの！
(Kare wa watashi no oshi na no!)

He's my fave!

▶ 「fave」是「favorite」的縮寫。與「推」同義，適用範圍相當廣泛，不限任何類型。K-POP 粉絲通常會使用原本意指「偏愛」的「bias」一詞來表達心中的喜愛；漫畫與動畫粉絲的話，則常用「best boy/best girl」或「husbando/waifu」，也就是將意指「丈夫」的「husband」與意指「妻子」的「wife」用日語腔調念出來，以表達心中的愛。

002 應援～／我推～／我擔～

支持自己喜歡的角色或人物。

～を推す(~wo osu) ｜ stan

你是我的推。／我為你應援。

私はあなたを推しています。
(Watashi wa anata wo oshite imasu.)

I stan you.

▶ 熱情地應援或支持某人或某物的英語俚語是「stan」。這個動詞來自世界知名饒舌歌手阿姆（Eminem）的歌曲，*Stan*。「stan」也可以當作名詞來使用，意思是「狂熱的粉絲」，例如「This is a ～ stan account.」（這是～的狂粉帳號）。

10

基本單字

003 單推／唯粉

只應援某位特定成員的粉絲。

単推し | fan of a single member
<tan'oshi>

我這輩子只為你應援！／一生單推你一人！
一生あなたを単推しします！
<Isshou anata wo tan'oshi shimasu!>
I will support only you forever!

004 箱推／團粉

應援整個團體的粉絲。

箱推し | fan of the whole group
<hako'oshi>

那個團體的融洽友誼，讓我成了他們的團粉。
そのグループの仲の良さから、私は箱推しになった。
<Sono guruupu no naka no yosa kara, watashi wa hako'oshi ni natta.>
I became a fan of the whole group because of their close friendship.

005 激推／忠實粉絲

熱烈地應援。

激推し | big[huge/great] fan
<gekioshi>

從2013年以來，我就一直是你的忠實粉絲！
2013年以来、ずっと激推ししています！
<Nisen-jyuusan-nen irai, zutto gekioshi shite imasu!>
I have been a big fan of you since 2013!

006 主推／大本命

在眾多推當中，心中地位最高的對象。

最推し | ultimate bias[fave]
<saioshi>

我拿到主推的周邊了！
最推しのグッズをゲットした！
<Saioshi no guzzu wo getto shita!>
I got my ultimate bias's merchandise!

> 「ultimate」的意思是「終極的、最高的」。也可以簡稱為「ult」。

推團

應援、支持的團體。

推しグル | favorite group
oshi guru

太棒了，我推的兩組團都會表演！

推しグル2組も出演するなんて最高！
Oshi guru ni kumi mo shutsuen suru nante saikou!

It's awesome that two of my favorite groups will appear!

改推〜

改變應援、支持的對象。

（〜に）推し変する | switch 〜's fave (to 〜)
(〜ni) oshihen suru

他帥到讓我想改推……

彼のビジュ最強すぎて、推し変したくなる…
Kare no biju saikyou sugite, oshihen shitaku naru...

He looks so perfect that I want to switch my fave to him…

（與〜）同擔

喜歡同一個角色或人物（推）。

（〜と）推し被りする | have the same bias (as 〜)
(〜to) oshikaburi suru

歡迎同擔。

推し被り大歓迎です。
Oshikaburi daikangei desu.

Fans whose bias is the same as mine are most welcome.

類別

動畫與偶像等的分類。進一步細分時，也可以將作品或角色本身稱為「類別」。

ジャンル | genre
janru

時間軸被我推的類別的相關貼文淹沒了。

自ジャンルのタイムラインが賑やか。
Jijanru no taimurain ga nigiyaka.

My TL is flooded with posts related to my genre.

基本單字

011

御宅族／宅宅／極客／迷

熱衷於某個嗜好，或為特定類別及推應援的人。

オタク | otaku/geek/buff

我是個動畫宅。

私はアニメオタクです。
Watashi wa anime otaku desu.

I'm an anime otaku.

她原本是個狂熱的電影宅。

彼女は元々、熱狂的な映画オタクでした。
Kanojo wa motomoto, nekkyouteki na eiga otaku deshita.

She used to be a huge movie buff.

「geek」是「對某個特定類別非常熟悉的人」，「buff」是「狂熱者」的意思。這些詞大多語氣正面，意思接近「御宅族」。在喜愛日本動畫及偶像的外國人當中，日語直翻的「otaku」這個詞也漸漸普及開來。

012

宅活

御宅族在有興趣的類別中從事的活動。

オタ活 | otaku activities

我會按自己的步調進行宅活！

自分のペースでオタ活します！
Jibun no peesu de otakatsu shimasu!

I will do my otaku activities at my own pace!

013

粉絲圈／飯圈

應援特定對象的熱情粉絲社群，經常在 K-POP 文化中被使用。

ファンダム | fandom

歡迎新朋友來到粉絲圈！

新規の皆さん、ファンダムへようこそ！
Shinki no minasan, fandamu e youkoso!

Dear new fans, welcome to the fandom!

CHAPTER 1　推、坑、尊⋯⋯推活基本單字

13

014 二次元

2次元 | 2D
nijigen

因爲ACG等的角色顯示在印刷品及螢幕等平面上而得名。

我是二次元居民。
2次元の住民です。
Nijigen no juumin desu.

I live in the 2D world.

▶ 「D」是「dimensional」的縮寫。

015 三次元

3次元 | 3D
sanjigen

二次元的對照概念,指的是演員或偶像等眞實存在的人物。

我有了一位三次元的推。
3次元の推しができた。
Sanjigen no oshi ga dekita.

My new fave is a 3D boy[girl].

016 2.5 次元

2.5次元 | 2.5D
ni-ten-go jigen

因爲以ACG爲原作的舞台劇,是在三次元中重現二次元世界,故稱2.5次元。

我的推是2.5次元的演員。
推しは2.5次元俳優です。
Oshi wa ni-ten-go jigen haiyuu desu.

I stan a 2.5D actor.

▶ 2.5的英語是「two-and-a-half」。

017 語彙力/詞彙量

語彙力 | vocab[vocabulary]
goiryoku

字彙知識及運用能力。御宅族常因自己的推太尊而失去語彙能力。

我的語彙力不夠。
語彙力が足りない。
Goiryoku ga tarinai.

I don't have enough vocab.

▶ 「vocab」是「vocabulary」的縮寫。

14

基本單字

018

坑

全神貫注於某個特定類別或推，結果如同掉進坑裡般無法自拔。

沼 | obsession
<small>numa</small>

瞬間掉進坑裡了。／一下就陷入沼澤之中了。

あっという間に沼にハマった。
<small>Atto iu ma ni numa ni hamatta.</small>

I was obsessed before I knew it.

只要看過一次表演，就會掉進他的坑裡。

一度彼のパフォーマンスを観たら、沼落ちするよ。
<small>Ichido kare no pafoomansu wo mitara, numaochi suru yo.</small>

You will get obsessed with him once you see his performance.

▶「obsession」的意思是「被纏住而無法擺脫的事物」，「be obsessed with 〜」則是「對〜著迷、對〜上癮」，也就是「陷入〜的沼澤之中、掉進〜的坑裡」。

019

尊

本來指人或物的崇高或偉大，在御宅族之間則常被用來表達對偶像的讚美。

尊い | precious
<small>toutoi</small>

喔〜〜太尊了。

は〜〜〜尊い。
<small>Ha〜〜〜 toutoi.</small>

Sigh. How precious.

020

沸騰了

情緒高漲而且相當興奮的狀態。

沸いた | be psyched
<small>waita</small>

我沸騰了〜〜〜！超喜歡！

沸いた〜〜〜！すこ！
<small>Waita〜〜〜! Suko!</small>

I'm soooooo psyched! Love it!

▶「be psyched」意思是「興奮、情緒高漲」。

萌

角色或人物可愛到令人心動。

萌える (moeru) | uwu

明明是人類最強士兵，竟然有潔癖，這也太萌了吧！

人類最強の兵士なのに潔癖症なところに萌える！
(Jinrui saikyou no heishi na noni keppekishou na tokoro ni moeru!)

He's humanity's strongest soldier but a clean freak? I uwu so hard!

看看這身高差，好萌啊！

この身長差見てみてよ、萌える！
(Kono shinchousa mite mite yo, moeru!)

Look at their height difference, uwu!

▶ 「uwu」源自右側插圖中的表情符號（UwU），網路用語。意思是「可愛到無法自已」。若要形容偶像或推的可愛程度時，也滿常聽到「Cuteness overload!」（可愛到爆！）或「I can't stand the cuteness!」（萌到讓人受不了！）。

被召喚／升天

對於偶像或作品的愛過於熱烈，情緒甚至高漲到彷彿快要升天的精神狀態。

召される (mesareru) | ascend to heaven

推太美，我快升天了。

推しのあまりの美しさに召される。
(Oshi no amari no utsukushisa ni mesareru.)

He[She] is so beautiful. I'm ascending to heaven.

▶ 「ascend to heaven」的意思是「升天」。

罪惡／罪孽深重

覺得推或作品有致命的吸引力。

罪深い (tsumibukai) | sinful

你看看這個表情！太罪惡了吧！

見て、この表情！罪深い！
(Mite, kono hyoujou! Tsumibukai!)

Look at that expression! So sinfully irresistible!

▶ 「sinfully」的意思是「罪惡地」，「irresistible」則是指「無法抵抗的」。

16

024 小心機

耍小聰明、狡猾。用來稱讚那些知道怎麼展現自己的魅力取悅粉絲的偶像。

あざとい（azatoi） | clever

他有小心機，知道自己很可愛。

彼はあざとい。自分がかわいいってわかってる。
（Kare wa azatoi. Jibun ga kawaii tte wakatteru.）

He is clever. He knows he's cute.

025 次元不同／等級不同

層次不同，意味著無法比擬地出色。

レベチ（rebechi） | another level

這次回歸的她簡直就是另一個次元。

今回のカムバにおける彼女はレベチだ。
（Konkai no kamuba ni okeru kanojo wa rebechi da.）

She is on another level in this comeback.

026 眞愛粉／GACHI 戀／（對〜是）眞愛

眞心愛上推。

(〜に)ガチ恋 (リア恋／リアコ)する（(〜ni) gachikoi (riakoi/riako) suru） | have a real crush (on 〜)

完全變成眞愛粉了！

完全にガチ恋してます！
（Kanzen ni gachikoi shite masu!）

This is a 100% real crush!

他是眞愛粉。

彼はリアコ枠。
（Kare wa riako waku.）

He is definitely crush-worthy.

「have a crush on 〜」是指「對〜有好感」。若加上「real」，就代表「眞的很喜歡」。「crush」可以當作名詞，意指「喜歡的人、憧憬的人」，因此「celebrity crush」可以用來指稱「喜歡的藝人」，而「girl crush」則是指「憧憬的女性」。
註：GACHI 戀是直接使用「ガチ恋」的日語發音，也可以表示爲「嘎起」。

CHAPTER 1 推、坑、尊……推活基本單字

17

027 死忠粉／鐵粉／重度玩家

全力以赴投入於某事的人。可以指專注於結果而努力的遊戲玩家，或是全心全意支持推的粉絲。

ガチ勢 (gachi zei) | **hardcore fan**

他是個重度玩家。
彼はガチ勢のゲーマーだ。(Kare wa gachi zei no geema da.)
He is a hardcore gamer.

> 「hardcore」指「真正的、堅定的」。

028 休閒玩家

純粹享受事物的人。可以指以自己的步調享受遊戲的玩家，或是隨心支持推的粉絲。

エンジョイ勢 (enjoi zei) | **casual fan**

不論是重度玩家還是休閒玩家，通通歡迎！
ガチ勢もエンジョイ勢も、みんなウェルカムです！(Gachi zei mo enjoi zei mo, minna werukamu desu!)
All fans are welcome, hardcore or casual!

029 一日粉／跟風粉

突然喜歡上流行人物或作品的粉絲。

にわか (niwaka) | **bandwagon fan**

我是從第二季開始看的跟風宅。
私は2期から観始めたにわかオタクです。(Watashi wa ni ki kara mihajimeta niwaka otaku desu.)
I'm a bandwagon fan, having started watching it from season 2.

當個跟風粉，不行嗎！？
にわかファンで何が悪い！？(Niwaka fan de nani ga warui!?)
What's wrong with being a bandwagoner!?

> 「bandwagon」原本是指在遊行隊伍前面演奏音樂，吸引人們注意的車輛。從這裡衍生出「bandwagon fan」（追逐流行的粉絲）這個詞語，也可以說「bandwagoner」，但要注意用來形容他人時，可能會顯得不禮貌。

030 老粉

長期支持該類別或推的元老級粉絲。

古参 (kosan) | old fan/oldie

我是從他們出道就開始應援他們的老粉。

私はデビューの時から彼らを応援している古参ファンです。
(Watashi wa debyuu no toki kara karera wo ouen shite iru kosan fan desu.)

I'm an oldie supporting them since their debut.

031 新粉

剛入坑某個類別或被某個推圈住的粉絲。

新規 (shinki) | new fan/newbie

不管是老粉還是新粉,都一起開心地玩吧!

新規も古参も、仲良く盛り上がろう!
(Shinki mo kosan mo, nakayoku moriagarou!)

It doesn't matter if you're an old fan or a new fan. Let's have fun together!

032 初見

第一次看到作品的人。

初見 (shoken) | first-time viewer[watcher]

初見的評價也太下飯了吧!

初見さんの感想がおいしい…!
(Shoken san no kansou ga oishii...!)

The comments from first-time watchers are pleasing!

033 狂熱的／死忠的

熱愛特定的類別或推的行為。

強火の (tsuyobi no) | avid

我是狂熱粉!請多指教!

強火オタです!よろしく!
(Tsuyobi ota desu! Yoroshiku!)

I'm an avid fan! Let's be friends!

> 「avid」,形容詞,意思是「熱衷的、熱情的」。

CHAPTER 1 推、坑、尊……推活基本單字

034 現場

現場 (genba) | irl event[concert]

可以親眼看到藝人的演唱會或戲劇表演等場所。

期待現場演出！

現場が楽しみ！ (Genba ga tanoshimi!)

I can't wait for irl concerts!

> 「irl」是「in real life」的縮寫，意思指「實際的、現實世界的」，主要用於文字訊息。

035 現友

リア友 (ria tomo) | irl friend

現實生活中的朋友。

我和現友一起去參加宅活了。

リア友とオタ活に出かけた。 (Ria tomo to otakatsu ni dekaketa.)

I went out for otaku activities with my irl friends.

036 網友

ネッ友 (nettomo) | online friend

網路上的朋友。

希望某天能與網友在現實生活中見面。

ネッ友といつか実際に会ってみたい。 (Nettomo to itsuka jissai ni atte mitai.)

I wanna meet my online friends irl one day.

037 遠征

遠征する (ensei suru) | travel for the event[concert]

爲了觀賞演唱會或戲劇等表演，而離開自己住的地方到遠處去。

我這個週末要遠征。

今週末遠征だわ。 (Konshuumatsu ensei dawa.)

I'll be away on travel for the event this weekend.

基本單字

038

在宅粉

不去現場，在家應援的粉絲。

在宅 (zaitaku) | fan at[from] home

我會在家遠端應援的！
在宅で応援してます！ (Zaitaku de ouen shite masu!)
I'm cheering you on from home!

039

運營（營運）／官方團隊

從事偶像管理或遊戲營運等的工作人員。

運営 (un'ei) | the management team

謝謝運營（營運）！
運営さんありがとう！ (Un'ei san arigatou!)
Thanks to the management team!

▶ 經紀公司稱為「production team」，而遊戲的營運公司則稱為「development team」。

040

官方的／正式的

由作品或角色的版權擁有者，或其社群媒體帳號，所發布的內容。

公式の (koushiki no) | official

官方宣布更換演員了。
公式によるキャス変の告知が出た。 (Koushiki ni yoru kyasuhen no kokuchi ga deta.)
There was an official announcement of a cast change.

041

餵糧／供給

營運或官方透過社群媒體等管道提供給粉絲的資訊。因為是為了滿足粉絲的需求而得名。

供給 (kyoukyuu) | supplies

突然被餵糧，讓阿宅的詞彙量瞬間歸零。
急な供給に語彙力なくしたオタク。 (Kyuu na kyoukyuu ni goiryoku nakushita otaku.)
The unexpected supplies left the fans struggling for vocab.

CHAPTER 1　推、坑、尊⋯⋯推活基本單字

21

042 推坑／傳教／安利

本來是指傳播宗教教義或推廣信仰，之後衍生為向周圍的人宣傳自己支持的推。

〜を布教する ~wo fukyou suru ｜ plug

讓我安利一下我推吧！

推しを布教させて！ Oshi wo fukyou sasete!

Let me plug my fave!

只要抓到機會，我就會向別人傳教本命。

隙あらば推しを布教する。 Suki araba oshi wo fukyou suru.

I try to promote my fave whenever I can.

▶「plug」的意思與「傳教」不同，沒有宗教意味，單純指「宣傳、推銷～」，也可以說「promote」。

043 祭壇

原本指奉獻供品給神佛的祭壇，之後衍生為擺放偶像周邊商品的空間。

祭壇 saidan ｜ merch altar

新的周邊已經迎入祭壇了。

新しいグッズを祭壇にお迎えした。 Atarashii guzzu wo saidan ni omukae shita.

New addition to my merch altar.

我不僅把祭壇清掃乾淨，還重新布置呢。

祭壇の掃除と模様替えをした。 Saidan no souji to moyougae wo shita.

I cleaned and rearranged my merch altar.

▶「merch」是「merchandise」的簡稱，意指「商品」，「altar」是「教堂裡的祭壇」。英語圈國家的人，也會將擺放本命周邊的地方視為一個神聖的空間，並稱為「merch altar」。只要在 X（舊 Twitter）上搜尋這個詞，就會找到世界各地的宅宅上傳的祭壇照片喔。

22

044 聖地巡禮／朝聖

原本指造訪宗教聖地，之後衍生為去作品的拍攝地點或舞台巡遊。

聖地巡礼 (seichi junrei) | pilgrimage

一起去朝聖吧！
聖地巡礼しよう！ (Seichi junrei shiyou!)
Let's go on a pilgrimage!

我想買一份伴手禮記念這次的聖地巡禮！
この聖地巡礼の記念になるお土産を買いたい！ (Kono seichi junrei no kinen ni naru omiyage wo kaitai!)
I wanna buy memorabilia for this pilgrimage!

> 電影和電視劇的拍攝地稱為「filming location」，漫畫和動畫的舞台則稱為「real-life location」。英語圈的人也會將巡繞這些地方的舉動，叫作「聖地巡禮」，並稱為「pilgrimage」。

045 網聚

在線上（網路）社群認識的人成為好友後，在線下（現實世界）的聚會。

オフ会 (ofu kai) | offline meet-up

我打算參加下個月的網聚！
来月のオフ会に参加予定です！ (Raigetsu no ofukai ni sanka yotei desu!)
I'm joining the offline meet-up next month!

> 「meet-up」本身已經包含了「直接見面」的意思，有時不需要再加上「offline」。

046 玩偶／娃

將角色做成Q版玩偶。

ぬい (nui) | plushie/stuffie

來拍娃吧！
ぬい撮りしよう！ (Nui dori shiyou!)
Let's take photos of the plushies!

047 劇透／破梗／捏他／暴雷

揭露故事的重要發展或結局。

ネタバレ (netabare) | spoiler

拜託不要暴雷！

ネタバレしないで！ (Netabare shinaide!)

No spoilers, please!

劇透警告！

ネタバレ注意！ (Netabare chuui!)

Spoiler alert!

> 「spoiler」原本的意思是「破壞氣氛的人事物」，之後引申爲「破壞他人樂趣的人事物」，也就是「劇透」。在 K-POP 中，偶像以微妙的方式暗示新歌或未來計劃的發言，日語叫作「SUPO（スポ）」，這個詞也來自英文的「spoiler」。

048 分析／解析

關於故事謎題的個人看法。

考察 (kousatsu) | thoughts

我已經上傳了分析結果。

考察まとめをアップした。 (Kousatsu matome wo appu shita.)

I posted a summary of my thoughts.

049 見解／解釋

對於故事和角色的個人觀點，例如 A 應該與 B 或 C 配對。

解釈 (kaishaku) | interpretation

可惜我的見解與官方設定不同。

公式との解釈違いでつらい。 (Koushiki to no kaishaku chigai de tsurai.)

It's sad that I have a different interpretation from the canon.

> 「canon」是指「官方的作品或設定」，通常用來區別意指粉絲創作的「fan fiction」。

伏筆

在故事中預示後續發展。

伏線 (fukusen) | foreshadowing

伏筆終於被回收了！

ようやく伏線が回収された！
(Youyaku fukusen ga kaishu sareta!)

The foreshadowing finally paid off!

我重看那部動畫時，才發現原來處處都是伏筆。

そのアニメを見返すと、伏線だらけだったことに気づいた。
(Sono anime wo mikaesu to, fukusen darake datta koto ni kizuita.)

When I rewatched that anime, I realized that there was an insane amount of foreshadowing.

▶「foreshadow」是動詞，意指「預示～、成為～的前兆」。若是名詞形式的「foreshadowing」，意思就是「伏筆」。當提到「伏筆被回收」時，會用意指「得到回報」的「pay off」。

觀看～直播／聽～直播

在播出時間觀看或收聽電視、廣播或網路節目。

～をリアタイする (~wo riatai suru) | watch[listen to] ~ live

我要熬夜看直播。

夜更かししてリアタイする。
(Yofukashi shite riatai suru.)

I'll stay up to watch it live.

▶ 看影片（電視等）是「watch it live」，聽聲音（廣播等）則是「listen to it live」。

浮上～

出現在 X 等社交平台上。偶爾出現的情況稱爲「潛水」。

（～に）浮上する (~ni fujou suru) | be active (on ~)

我最近在 X 上常潛水。

最近 X では低浮上ぎみです。
(Saikin X de wa teifujou gimi desu.)

I'm not very active on X these days.

▶「遠離 X」也可以說 be away from X。

抽卡

> 在手遊中購買道具時會採用類似扭蛋的方式，隨機決定內容物。

ガチャ (gacha) | gacha

登入獎勵得到寶石了！我要去抽期間限定卡！

ログボで石もらった！期間限定ガチャ引いてくる！
Rogubo de ishi moratta! Kikan gentei gacha hiite kuru!

I got gems as a login bonus! I'll use these for limited-time gacha!

▶ 「Gacha」是日本玩具公司的註冊商標，但國際遊戲玩家大多數都能理解這個詞的意思。

連抽

> 連續抽卡。

連 (ren) shot | shot

我抽了十連，但卻暴死了（手氣很非）。

10連ガチャしたけど爆死した。
Juuren gacha shita kedo bakushi shita.

I rolled 10-shot gacha and it was an epic fail.

▶ 「roll a gacha」的意思是「抽卡」。「epic fail」是俚語，指「慘敗」。
註：抽到不好的卡時，常以「印堂發黑」或「臉很黑」來形容運氣差；甚至引申為非洲人黝黑的膚色，而簡稱「很非」，或稱「非洲手氣」。

重課（氪）金

> 投注大量金錢在遊戲或應用程式的課金服務。

廃課金（する） (haikakin (suru)) | Whale

我為了獲得稀有角色，越來越接近重課大佬了。

レアキャラをゲットするために、廃課金者になりつつある。
Rea kyara wo getto suru tame ni, haikakin-sha ni naritsutsu aru.

I'm becoming a whale to get a rare character.

我重課到滿突了。

廃課金で完凸した。
Haikakin de kantotsu shita.

I whaled so much I hit the limit.

▶ whale 最初是指形容在賭場大筆下注的賭徒，意指賭資的規模和鯨魚一樣龐大。之後用來形容「投注大量金錢在手遊上的人」，即「重課者」，亦可當作動詞使用。　註：滿突，指滿級突破，即達到突破上限。

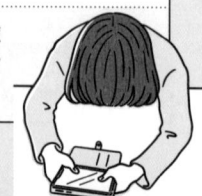

基本單字

056 儲值／課（氪）金

本指課徵費用；不過，近來常用以表示在遊戲或應用程式中購買追加內容（新增內容）的費用。

課金（する） | charge
_{kakin (suru)}

我已經準備好課金了。
課金の準備はできている。
_{Kakin no junbi wa dekite iru.}
I'm ready to charge.

057 零課（氪）金／無課（氪）金

完全不使用遊戲或應用程式的課金服務。

無課金 | free-to-play[F2P]
_{mukakin}

零課玩家真的很難獲得五星角色……
無課金で星5を出すのは難しい…
_{Mukakin de hoshi go wo dasu no wa muzukashii...}
It's hard for F2P to get 5 stars...

▶ 零課玩家稱為「F2P」（free-to-play），課金玩家則稱為「P2P」（pay-to-play）。

058 刷關

反覆進行同一個關卡、任務或地圖，以獲得特定的獎勵、經驗或素材。

周回する | grind
_{shuukai suru}

我刷關的進展相當順利。
周回がはかどる。
_{Shuukai ga hakadoru.}
My grinding is going well.

059 道歉石

手遊出現問題時，運營團隊為了致歉而送給用戶的遊戲貨幣。

詫び石 | apologems
_{wabiishi}

因為維護延長，所以得到道歉石了。
メンテ延長で詫び石ゲットした。
_{Mente enchou de wabiishi getto shita.}
I got apologems because of the extended maintenance.

▶ 「apologems」是「apologize」（道歉）和「gems」（寶石）的組合詞。

060 配對／CP

主要指二次創作（同人）中，角色間的戀愛關係。可稱自己喜歡的配對為「我推的 CP」。

カップリング（カプ） | pairing/shipping
kappuringu (kapu)

我最推的 CP 是～！

私の推しカプは～です！
Watashi no oshi kapu wa ~ desu!

My OTP is ～！

▶ 「ship」來自「relationship」，「OTP」則是「One True Pairing」（真愛 CP）的縮寫。

061 夢女

夢想與角色滋生戀情或友情的女性。

夢女子 | yumejoshi
yumejoshi

我是自給自足的夢女，有寫夢小說。

自給自足夢女子なので、夢小説書いてます。
Jikyuujisoku yumejoshi na node, yume shousetsu kaite masu.

As a self-feeding yumejoshi, I write x reader fanfics.

▶ 「x reader fic」的意思與「夢小說」相近，指將角色與讀者配對的小說。

092 ～情境／～PARO／戲仿

「如果那個角色是～」的妄想設定。

～パロ | ～AU
paro

高中生 PARO 是經典的梗。

高校生パロがお決まりのネタ。
Koukousei paro ga okimari no neta.

High School AU is a trope.

○○是咖啡師、▲▲是神秘顧客的咖啡店情境真是太棒了！

○○がバリスタで▲▲が謎の客っていうカフェパロ、最高だ～！
○○ ga barisuta de ▲▲ ga nazo no kyaku tte iu kafe paro, saikou da!

I love coffee shop AU where ○○ is a barista and ▲▲ is a mysterious customer!

▶ 「AU」是「Alternative Universe」的縮寫，直譯為「另一個平行宇宙」。英語圈也經常以不同於原作的設定來進行二創，其中以高中或咖啡廳為舞台的戲仿作品特別受歡迎。
例句中的「trope」是指「常見的橋段或套路」。

基本單字

063 （被～）認出來／認知

被偶像記住自己的臉和名字。

（～に）認知される　(～ni) ninchi sareru ｜ be recognized (by ～)

被推認出來實在是太高興了！

推しに認知してもらえて嬉しい！　Oshi ni ninchi shite moraete ureshii!

I'm glad that I got recognized by my fave!

064 神對應／完美對應

偶像在握手會等活動中，對粉絲態度親切且充滿愛意。

神対応　kami taiou ｜ perfect reaction

他在面對毫不講理的要求時仍然面帶微笑，真的是神對應！

彼は無茶ぶりにも笑顔で、神対応だった！　Kare wa muchaburi ni mo egao de, kami taiou datta!

He responded with a smile even when he was requested an unreasonable thing. It was a perfect reaction!

065 鹽對應／敷衍對應／冷處理

偶像在握手會等活動中，對粉絲持冷淡態度。

塩対応　shio taiou ｜ unfriendly reaction

即使她鹽對應，我還是會為她應援的⋯⋯！

彼女は塩対応でも推せる…！　Kanojo wa shio taiou demo oseru...!

She gives me unfriendly reactions, but still I'm fangirling over her!

▸「fangirl over ～」，俚語，意指「熱烈支持～、對～極其熱衷」。

066 應援

粉絲在偶像的演唱會現場喊叫的口號。

掛け声　kakegoe ｜ fanchant

記住應援口號，一起嗨吧！

掛け声を覚えて盛り上がろう！　Kakegoe wo oboete moriagarou!

Remember the fanchant and get into the spirit!

▸「get into the spirit」的意思是「（在演唱會等場合，與周圍一同）嗨起來」。

推的對象

067	演員	俳優 (haiyuu)	actor
068	女演員	女優 (joyuu)	actress
069	聲優／配音員	声優 (seiyuu)	seiyuu/voice actor
070	偶像	アイドル (aidoru)	pop star
071	歌手	歌手 (kashu)	singer
072	藝人	アーティスト (aatisuto)	artist
073	作家	作家 (sakka)	writer
074	搞笑藝人	お笑い芸人 (owarai geinin)	comedian
075	運動員	スポーツ選手 (supootsu senshu)	athlete
076	影片創作者	ユーチューバー (yuuchuubaa)	YouTuber
077	唱見歌手	歌い手 (utaite)	utaite
078	同人作家	同人作家 (doujin sakka)	doujin writer[artist]
079	寫手	字書き (jigaki)	fan writer
080	繪師	絵描き／絵師 (ekaki/eshi)	fan artist
081	樂團	バンド (bando)	band
082	視覺系(V系)樂團	ヴィジュアル系(V系)バンド (vijuaru kei (bui kei) bando)	visual kei band

> 英語中的 idol 表示崇拜、信仰的對象，語感與日語有些不同。

> 通常會用Nico Nico Douga singer或YouTube singer之類的字彙來表現。

> 喜歡日本ACG的宅宅之間，常直接使用同人的日語拼音doujin，英語意思近似於 coterie。

推的作品・活動

083	漫畫	漫画 (manga)	manga/comic
084	動畫	アニメ (anime)	anime/cartoon
085	遊戲	ゲーム (geemu)	video[computer/mobile] game
086	小說	小説 (shousetsu)	novel
087	輕小說	ラノベ（ライトノベル）(ranobe (raito noberu))	LN[light novel]
088	虛擬歌手	ボカロ（ボーカロイド）(bokaro (bookaroido))	Vocaloid
089	角色扮演	コスプレ (kosupure)	cosplay
090	原作	原作 (gensaku)	the original
091	二次創作	二次創作 (niji sousaku)	fan fiction[art]
092	同人展	同人誌（即売会）(doujinshi (sokubaikai))	doujinshi (convention)
093	CM	コミケ（コミックマーケット）(komike (komikku maaketto))	Comiket[Comic Market]
094	新刊	新刊 (shinkan)	new volume
095	發布〜	〜を頒布する (〜wo hampu suru)	distribute
096	第〜季	〜期 (〜ki)	season 〜
097	將〜改編爲動畫	〜をアニメ化する (〜wo anime ka suru)	make 〜 into an anime
098	將〜改編爲真人版	〜を実写化する (〜wo jisshaka suru)	make 〜 into a live action version

> 粉絲以現有作品爲基礎創作的小說和插圖，最接近「二次創作」。

> 世界最大的同人展，固定在東京舉行。因爲英語的發音規則，不會在「ke」結束，而是縮寫爲Comiket。

31

099	電影	映画 (eiga)	movie/film
100	動作片	アクション映画 (akushon eiga)	action movie
101	喜劇片	お笑い映画 (owarai eiga)	comedy movie
102	愛情片	恋愛映画 (ren'ai eiga)	romance movie
103	科幻片	SF映画 (esu efu eiga)	science fiction [sci-fi] movie
104	電影上映	映画を公開する (eiga wo koukai suru)	release a movie
105	參加(～的)演出	(～に)出演する ((~ni) shutsuen suru)	appear (in～)
106	主演～	(～に)主演する ((~ni) shuen suru)	star (in～)/be the lead role (in～)
107	扮演～的角色	～の役を演じる (~no yaku wo enjiru)	act as～/play the part of ～
108	演技	演技 (engi)	acting
109	預告片	予告編 (yokokuhen)	trailer
110	搶先上映	先行上映 (senkou jouei)	sneak peek
111	字幕	字幕 (jimaku)	subtitles
112	主題曲	主題歌 (shudaika)	theme song
113	片尾字幕	エンドロール (endorooru)	credit roll/end credit
114	續集	続編 (zokuhen)	sequel
115	電視節目	テレビ番組 (terebi bangumi)	TV show[program]
116	電視劇	テレビドラマ (terebi dorama)	TV drama[series]

> 在英語中,並不縮寫為「SF」,請留意!sci-fi 的發音為 /ˈsaɪ.faɪ/。

> エンドロール (end roll) 是和製英語,在其他國家不通。

推的作品・活動

	中文	日文 (羅馬拼音)	English
117	音樂節目	音楽番組 (ongaku bangumi)	music show
118	綜藝節目	バラエティ番組 (baraeti bangumi)	variety show
119	播放電視節目	テレビ番組を放送する (terebi bangumi wo housou suru)	broadcast a TV show
120	直播	生放送 (namahousou)	live broadcast
121	主持人	司会 (shikai)	host
122	整人	ドッキリ (dokkiri)	prank
123	短劇	コント (konto)	skit/sketch
124	模仿	ものまね (monomane)	impersonation/impression
125	即興笑話	一発ギャグ (ippatsu gyagu)	one-liner
126	電視廣告	テレビコマーシャル (terebi komaasharu)	TV commercial
127	廣播節目	ラジオ番組 (rajio bangumi)	radio program[show]
128	新歌	新曲 (shinkyoku)	new release[song]
129	單曲	シングル (shinguru)	single
130	專輯	アルバム (arubamu)	album
131	歌詞	歌詞 (kashi)	lyrics
132	編舞 (名詞)	振付 (furitsuke)	choreography
133	唱歌	歌う (utau)	sing
134	跳舞	踊る (odoru)	dance

> 在美國，說 talk show（談話節目／脫口秀）或 game show（益智節目）會比較容易理解。

> 整人節目在海外也相當受歡迎。「惡作劇大成功！」的英文是「You've been pranked!」

CHAPTER 1　推、坑、尊……推活基本單字

135	饒舌	ラップする (rappu suru)	rap
136	演奏～	(～を) 演奏する ((~wo) ensou suru)	play
137	作詞	作詞する (sakushi suru)	write the lyrics
138	作曲	作曲する (sakkyoku suru)	compose a song
139	編舞 (動詞)	振付する (furitsuke suru)	choreograph
140	主唱	ボーカル (bookaru)	vocalist
141	舞者	ダンサー (dansaa)	dancer
142	饒舌歌手	ラッパー (rappaa)	rapper
143	音樂錄影帶	ミュージックビデオ (myuujikku bideo)	music video
144	表演影片	パフォーマンスビデオ (pafoomansu bideo)	performance video
145	舞蹈練習影片	ダンス練習映像 (dansu renshuu eizou)	dance practice video
146	幕後花絮	メイキング映像 (meikingu eizou)	making-of video/ behind-the-scenes video
147	未公開片段	未公開映像 (mikoukai eizou)	unreleased footage
148	珍貴畫面	お宝映像 (otakara eizou)	rare footage
149	NG片段	NGシーン (enu jii shiin)	bloopers
150	經紀公司	芸能事務所 (geinou jimusho)	talent agency
151	報名～	(～に) 応募する ((~ni) oubo suru)	apply for ～
152	被～挖掘	(～に) スカウトされる ((~ni) sukauto sareru)	be scouted (by ～)

> blooper 原意是「笨手笨腳、粗心大意」。而 No Good 的縮寫 NG 屬於和製英語，因此在英語圈是不相通的。

> 「姊姊擅自去報名了。」的英語是「My sister applied without telling me.」

推的作品・活動

	中文	日文	英文
153	參加（～的）試鏡	(～no) oodishon wo ukeru (～の)オーディションを受ける	audition (for ～)
154	通過試鏡	oodishon ni goukaku suru オーディションに合格する	pass the audition
155	沒通過試鏡	oodishon ni ochiru オーディションに落ちる	fail the audition
156	出道	debyuu suru デビューする	make ～'s debut
157	奪冠	ichi i wo toru 1位を獲る	get[come in] first place
158	得獎	jyushou suru 受賞する	receive an award
159	退團	guruupu wo dattai suru グループを脱退する	leave the group
160	解散	kaisan suru 解散する	split up
161	暫停活動	katsudou wo kyuushi suru 活動を休止する	take a hiatus
162	重新開始活動	katsudou wo saikai suru 活動を再開する	resume activities
163	退出演藝圈	geinoukai wo intai suru 芸能界を引退する	retire from show business
164	重返演藝圈	geinoukai ni fukki suru 芸能界に復帰する	return to show business

> audition 當名詞時意指「試鏡」；當動詞時則指「參加試鏡」。

> hiatus，名詞，意指「暫停、中斷」。「They're on hiatus.」（他們現正暫停活動中。）

COLUMN

「異世界轉生」英語怎麼說？

正如之前所介紹的，「otaku」、「seiyuu」、「doujin」等日本宅宅用語，已經大量融入英語之中，而其中也包含了在日本漫畫及動畫中逐漸形成一大類別的「isekai」（異世界）。因此，異世界轉生或穿越到異世界的英語就是「get isekai'd」。在不久的將來，「isekai」這個詞搞不好會和「sushi」一樣，被納入英語辭典中呢！

現場

演唱會、戲劇等

#	中文	日文 (羅馬拼音)	English
165	當日票	当日券 (toujitsuken)	same-day ticket
166	預售票	前売り券 (maeuriken)	advance ticket
167	號碼牌	整理券 (seiriken)	numbered ticket
168	先行發售	先行発売 (senkou hatsubai)	pre-sale/advance sale
169	一般發售	一般発売 (ippan hatsubai)	release to the public/general release
170	限量發售	限定発売 (gentei hatsubai)	limited sale
171	抽籤	抽選 (chuusen)	lottery/raffle
172	抽籤結果	当落／抽選結果 (touraku / chuusen kekka)	lottery results
173	延期	〜を延期する (wo enki suru)	postpone
174	取消	〜を中止する (wo chuushi suru)	cancel
175	變更〜的計劃	〜の予定を変更する (〜no yotei wo henkou suru)	reschedule
176	退款	〜を払い戻す (wo haraimodosu)	refund
177	預約	〜を予約する (〜wo yoyaku suru)	reserve/book
178	取消預約	予約を取り消す (yoyaku wo torikesu)	cancel a reservation
179	發行票券	発券する (hakken suru)	issue a ticket
180	中選	当選する (tousen suru)	win a lottery

> 只有早到的人 (early bird) 才能買到，故又稱爲 early-bird ticket，也就是早鳥票。

現場（演唱會、戲劇等）

181	落選	落選する (rakusen suru)	lose a lottery
182	參加所有場次	全通する／全ステする (zentsuu suru / zensute suru)	go to all the performances
183	電子票券	電子チケット／デジチケ（デジタルチケット） (denshi chiketto / dejichike (dejitaru chiketto))	e-ticket/digital ticket
184	身份確認	本人確認 (honnin kakunin)	identification
185	座位	席 (seki)	seat
186	走道座位	通路席 (tsuuro seki)	aisle seat
187	搖滾區	アリーナ席 (ariina seki)	arena seat
188	一樓座位	1階席 (ikkai seki)	first-tier[lower-deck] seat
189	二樓座位	2階席 (nikai seki)	second-tier[upper-deck] seat
190	站席	立ち見席 (tachimi seki)	standing room
191	貴賓席	関係者席 (kankeisha seki)	VIP seats
192	記者席	報道者席 (houdousha seki)	press box
193	排	列 (retsu)	row
194	最前排	最前列 (saizen retsu)	the front row
195	會場	会場 (kaijou)	venue
196	入場	〜に入場する (〜ni nyuujou suru)	enter
197	離場	〜を退場する (〜wo taijou suru)	leave
198	限制進場	入場を制限する (nyuujou wo seigen suru)	limit admission

「I'm in the 10th row from the front.」(我是前面數來第十排。)

CHAPTER 1　推、坑、尊……推活基本單字

199	入口	入口 (iriguchi)	entrance
200	出口	出口 (deguchi)	exit
201	服務台	受付 (uketsuke)	reception
202	大廳	ロビー (robii)	lobby
203	衣帽間	クローク (kurooku)	cloakroom
204	舞台	舞台 (butai)	stage
205	布幕	幕 (maku)	curtain
206	舞台側幕	舞台袖 (butai sode)	wings
207	舞台左側	上手 (kamite)	stage left
208	舞台右側	下手 (shimote)	stage right
209	後台	舞台裏(の楽屋) (butai ura (no rakuya))	backstage
210	外燴	ケータリング (keetaringu)	catering
211	燈光	照明 (shoumei)	lighting
212	音響設備	音響 (onkyou)	acoustics
213	服裝	衣装 (ishou)	costume
214	道具	小道具 (kodougu)	prop
215	彩排	稽古 (keiko)	rehearsal
216	總彩排	通し稽古／ゲネプロ (tooshi geiko / genepuro)	dress rehearsal

> 站在舞台上面向觀眾時，左邊的位置是 stage left；右邊的位置是 stage right。

> 是 property（所有物）的縮寫。在戲劇或電影業界中意指「道具」。

> 穿上戲服（dress），比照正式上場，全程演一遍。日語的「ゲネプロ（Generalprobe）」源自德語 general probe，在英語圈並不相通。

現場（演唱會、戲劇等）

編號	中文	日文	英文
217	演唱會	コンサート (konsaato)	concert
218	個人演唱會	単独ライブ／ワンマンライブ (tandoku raibu / wanman raibu)	solo concert
219	戶外演唱會	野外ライブ (yagai raibu)	outdoor concert
220	全國巡迴	全国ツアー (zenkoku tsuaa)	national[nationwide] tour
221	海外巡迴	海外ツアー (kaigai tsuaa)	international[overseas] tour
222	祭典	フェス（フェスティバル）(fesu (fesutibaru))	fest[festival]
223	曲目表	セトリ（セットリスト）(setori (settorisuto))	set list
224	暖場表演	前座 (zenza)	opening act
225	頭條新聞	ヘッドライナー (heddorainaa)	headliner
226	壓軸表演	トリ (tori)	closing act
227	（台上與台下的）呼應互動	コールアンドレスポンス (kooru ando responsu)	call and response
228	安可	アンコール (ankooru)	encore
229	紙花	紙吹雪 (kamifubuki)	confetti
230	活動心得／REPO	レポ（レポート）(repo (repooto))	fan report/review
231	戲劇	演劇 (engeki)	play/drama
232	劇團	劇団 (gekidan)	theater company
233	話劇	ストレートプレイ (sutoreeto purei)	straight play
234	音樂劇	ミュージカル (myuujikaru)	musical

> 中、日語很常說「去看現場（Live）表演」，但英語的 live 是形容詞，意指「現場的」，故使用時要特別留意。

CHAPTER 1　推、坑、尊……推活基本單字

現場（演唱會、戲劇等）

235	喜劇	喜劇 (kigeki)	comedy
236	悲劇	悲劇 (higeki)	tragedy
237	初日／首場	初日 (shonichi)	opening night/premiere
238	千秋樂／終場	千秋楽／楽日 (senshuuraku / rakubi)	closing night/finale
239	日間場次	昼公演 (hirukouen)	matinee
240	重演	再演 (saien)	second performance
241	加場演出	追加公演 (tsuika kouen)	additional performance
242	長期公演	ロングラン公演 (ronguran kouen)	long-running performance
243	導演	演出家 (enshutsuka)	director
244	演員	出演者 (shutsuensha)	cast
245	台詞	セリフ (serifu)	lines
246	即興表演	アドリブ (adoribu)	ad-lib
247	中場休息	幕間 (makuai)	intermission/interval
248	謝幕	カーテンコール (kaaten kooru)	curtain call
249	鼓掌	拍手する (hakushu suru)	applaud
250	起立鼓掌	スタンディングオベーション (sutandingu obeeshon)	standing ovation
251	節目表	公演プログラム (kouen puroguramu)	program/playbill
252	觀劇鏡	オペラグラス (opera gurasu)	opera glasses/theater binoculars

> 歐美的夜間演出相當普遍，因此較少使用意指夜間場次的 soiree。

> 由於美國的 Playbill 公司壟斷了節目表市場，故 Playbill 成了眾所周知的代名詞。

與偶像見面的活動

握手會、見面會等

253	交流會／見面會	交流会／ミーグリ (kouryuukai / miiguri)	meet-and-greet
254	線上見面會	オンライン交流会 (onrain kouryuukai)	online meet-and-greet
255	(與~) 握手	(~と) 握手する ((~to) akushu suru)	shake hands (with ~)
256	(與~) 擊掌	(~と) ハイタッチする ((~to) haitacchi suru)	do a high five (with ~)/ high five ~
257	(與~) 交談	(~と) 話す ((~to) hanasu)	talk (with ~)
258	向~提問	~に質問する (~ni shitsumon suru)	ask ~ a question
259	(與~) 合照	(~と) 写真を撮る ((~to) shashin wo toru)	take a picture (with ~)
260	(與~) 拍拍立得	(~と) チェキを撮る ((~to) cheki wo toru)	take an instant picture (with ~)
261	請~簽名	~のサインをお願いする (~no sain wo onegai suru)	ask for ~'s autograph
262	守在入口等~	~の入り待ちをする (~no irimachi wo suru)	wait for ~ at the entrance
263	守在出口等~	~の出待ちをする (~no demachi wo suru)	wait for ~ at the exit
264	送禮物給~	~にプレゼントを渡す (~ni purezento wo watasu)	give ~ a present
265	把信交給~	~に手紙を渡す (~ni tegami wo watasu)	give ~ a letter
266	粉絲見面會	ファンミ (ファンミーティング) (fanmi (fanmiitingu))	fan meeting
267	發售活動	リリイベ (リリースイベント) (ririibe (ririisu ibento))	release event
268	店內活動	インストアイベント (insutoa ibento)	in-store event

> high five 可以當作名詞或動詞使用。不過「擊掌！」的話，用「Give me five!」來表達比較自然。

CHAPTER 1 推、坑、尊……推活基本單字

商品銷售・周邊商品

269	周邊	グッズ (guzzu)	merch[merchandise]
270	周邊商店	物販 (buppan)	merch shop[store]
271	線上商店	通販 (tsuuhan)／インターネット販売 (intaanetto hanbai)	online shop[store]
272	訂購～	～を注文する (~wo chuumon suru)	order
273	排隊	列に並ぶ (retsu ni narabu)	get in line
274	販賣～	～を販売する (~wo hanbai suru)	sell
275	購買～	～を購入する (~wo kounyuu suru)	purchase
276	進貨～	～を入荷する (~wo nyuuka suru)	get[receive] a shipment of ～
277	售罄	売り切れる (urikireru)	be sold out
278	將～換成…	～を…と交換する (~wo …to koukan suru)	trade ～ for…
279	庫存	在庫品 (zaikohin)	stock
280	抽獎／抽籤	くじ (kuji)	lottery/kuji
281	扭蛋	カプセルトイ (kapuseru toi)	capsule toy
282	特典	特典 (tokuten)	bonus
283	首批限量版	初回限定版 (shokai genteiban)	first-press limited edition
284	普通版	通常版 (tsuujouban)	normal edition

「～有庫存嗎？」的英語是「Do you have ～ in stock?」

英語圈的宅宅也開始普遍使用 kuji（籤）這個來自日語的字彙了！

商品銷售・周邊商品

285	團扇	うちわ (uchiwa)	paper fan/uchiwa
286	手燈／螢光棒	ペンライト (penraito)	light stick
287	手幅	スローガン (suroogan)	banner
288	罐徽章／錫製徽章	缶バッジ (kan bajji)	(tin) badge
289	壓克力鑰匙圈	アクキー（アクリルキーホルダー）(akukii / akuriru kiihorudaa)	acrylic key chain
290	壓克力立牌	アクスタ（アクリルスタンド）(akusuta / akuriru sutando)	acrylic stand
291	掛軸	タペストリー (tapesutorii)	wall scroll
292	交易卡／收藏卡	トレカ（トレーディングカード）(toreka / toreedingu kaado)	trading card
293	拍賣	オークション (ookushon)	auction
294	上架～	～を出品する (~wo shuppin suru)	put up ~ for sale
295	成功標到～／得標	～を落札する (~wo rakusatsu suru)	make a successful bid for ~/win a bid for ~
296	二手店	中古ショップ (chuuko shoppu)	second-hand shop

> 粉絲在應援時舉起團扇的文化源於日本，因此 uchiwa（扇子）這個詞在英語圈也漸漸普及了。

> K-POP 粉絲舉的橫型紙張或布條。注意在英語中，slogan 的意思是「標語」。

> 鑰匙圈在日語稱 key holder，英語中則是 key chain 比較普遍。

COLUMN

Bromide是和製英語!?

為了記念觀劇而買的劇照或明星照片的日語是「ブロマイド」（bromide）。其實這個詞是日本人自創的外來語，語源是英語的「bromide paper」（溴化銀相紙），不過「bromide」本身並沒有「明星照片」的意思，因為在英語圈銷售明星照片的文化並不普遍，所以會以「photo of ～（人物名）」等方式來說明。另外，偶像為了取悅粉絲所進行的粉絲服務「fan service」也是和製英語，同樣是英語系沒有的概念，因此用「He waved at me.」（他向我揮手）或「She smiled at me.」（她對我笑）等具體內容來表達會比較好。

CHAPTER 1 推、坑、拿……推活基本單字

影片・社群媒體

	中文	日文	英文
297	拍攝影片	動画を撮影する (douga wo satsuei suru)	shoot a video
298	編輯影片	動画を編集する (douga wo henshuu suru)	edit a video
299	發布影片	動画を配信する (douga wo haishin suru)	stream a video
300	上傳影片	動画をアップする (douga wo appu suru)	upload a video
301	播放影片	動画を再生する (douga wo saisei suru)	play a video
302	截圖	スクショを撮る (sukusho wo toru)	take a screenshot
303	訂閱頻道	チャンネルに登録する (channeru ni touroku suru)	subscribe to a channel
304	留言	コメントを残す (komento wo nokosu)	leave a comment
305	觀看次數	再生回数 (saisei kaisuu)	number of views
306	頻道訂閱數	チャンネル登録者数 (channeru tourokushasuu)	number of subscribers
307	上發燒／上趨勢	急上昇／トレンド (kyuujoushou / torendo)	trending
308	縮圖	サムネイル (samuneiru)	thumbnail
309	說明欄	概要欄 (gaiyouran)	description
310	遊戲實況影片	ゲーム実況動画 (geemu jikkyou douga)	Let's Play [LP] video
311	彩妝影片	メイク動画 (meiku douga)	makeup video
312	開箱影片	開封動画 (kaifuu douga)	unboxing video

> 如：「My fave is trending!」指的是「我喜歡的偶像上了熱搜！」

> 遊戲實況在海外也是影片的一大類型，稱為 Let's Play (LP)。

影片・社群媒體

313	爆紅	バズる (bazuru)	go viral
314	起爭議／炎上	炎上する (enjou suru)	be flamed
315	搜尋～	～を検索する (~wo kensaku suru)	search for ～
316	追蹤～	～をフォローする (~wo foroo suru)	follow
317	按～的讚／給～高評價	～にいいねをつける／～を高評価する (~ni iine wo tsukeru / ~wo kouhyoka suru)	like
318	給～負評	～を低評価する (~wo teihyouka suru)	dislike
319	發推文	ツイートする (tsuiito suru)	tweet
320	轉推	リツイートする (ritsuiito suru)	retweet
321	引用轉推	引用リツイートする (inyou ritsuiito suru)	QRT[Quote-Retweet]
322	回覆～	(～に)返信する ((~ni) henshin suru)	reply (to ～)
323	發送私訊給～	～にDMを送る (~ni diiemu wo okuru)	send ～ a direct message/DM ～
324	分享～	～を拡散する (~wo kakusan suru)	share
325	封鎖～	～をブロックする (~wo burokku suru)	block
326	自拍	自撮りをする (jidori wo suru)	take a selfie
327	在IG曬美照	インスタ映えする (insuta bae suru)	Instagrammable
328	潛水者	ROM専 (romusen)	lurker
329	匿名投稿	匿名で投稿する (tokumei de toukou suru)	post anonymously
330	廣告	広告 (koukoku)	ad[advertisement]

> viral 的意思是「病毒的」。因為流行話題通常會像病毒感染般迅速流傳開來，於是 go viral 就變成了「爆紅」。

> flame 的意思是「燃燒」，引申為被網民集中批評的現象；也可以用「be flamed」來形容。

> ROM 是 Read Only Member 的縮寫。lurk（潛伏、隱藏）+er（～者），指「不發文，只閱讀的人」。

CHAPTER 1　推、坑、尊……推活基本單字

COLUMN

用英語解釋御宅族文化吧

人們往往誤以為握手會的英文是「handshake event」，電影應援場則是「cheering show」；但除非是對日本文化非常熟悉的人，否則這些字彙在英語圈是不通的。那麼，該如何使用英語來說明呢？可以看看下列的例子。

What is 握手會？

粉絲與偶像握手的活動。
It is an event where fans can shake hands with a pop star.

基本上只有購買特定商品的人才能參加，如 CD、DVD 或寫真集。
Usually only people who have purchased something from them, like a CD, a DVD or a photo book, can participate.

What is 痛包？

「痛包」是裝飾著本命的徽章及鑰匙圈等周邊商品的包包。
Ita-bags are bags decorated with badges, key chains and other merch that feature the favorite character.

是粉絲對推表達愛意的一種方式。
It is a way for fans to express their love for their fave.

> 痛包的日語是「痛バッグ」。日本人往往會形容這種掛滿徽章及鑰匙圈的包包為「痛い」，意思是「奇怪、誇張」，故名。

What is 應援場？

在電影院允許之下，觀眾於電影放映過程中能應援或鼓掌的特別活動。
It is a special event that audiences are able to cheer and clap during the movie only when the theater allows it.

有的觀眾會帶螢光棒進場，有的則會裝扮成電影裡的角色。
Some people bring light sticks or cosplay as characters from the movie.

ENGLISH FOR
OSHIKATSU

CHAPTER **2**

向推傳達心意的
實用句子

CASE 1　表達愛意

在握手會與推見面，在社群媒體上留言給本命……既然時間和字數有限，那就來學習一些簡明扼要又能表達愛意的句子吧。

你是我的推。
あなたは私の推しです。
Anata wa watashi no oshi desu.

001
You're my fave.

「fave」是「favorite」的縮寫，用來指在眾多人中自己最喜愛的人，亦指「推」或「本命」。此外，也可以像「I fave you.」（我是你的粉絲。）一樣，當作動詞來使用。如果想表達自己是非常狂熱的粉絲，可以說「I stan you.」關於「推」相關訊息，請參閱p.10。

48

CASE 1／表達愛意

002
我（特地）從日本的～來見你。
Watashi wa anata ni au tame ni, Nihon no ～ kara kimashita.
私はあなたに会うために、日本の～から来ました。
I came to see you (all the way) from ～ in Japan.

「all the way from ～」的意思是「從～遠道而來」，用來強調自己從遠方來。

003
自從看了～之後，我就成了你的粉絲。
～ wo mite, anata no fan ni narimashita.
～を観て、あなたのファンになりました。
I've been your fan ever since I watched ～.

004
我支持你已經10年了。
Juunenkan, anata wo oshite imasu.
10年間、あなたを推しています。
I've had a crush on you for 10 years.

「have a crush on ～」指「對～有好感」。關於愛情表現，可參閱 p.84。

005
我是第一次來見你！
Hajimete ai ni kimashita!
初めて会いに来ました！
This is my first time meeting you!

006
我一直很想見到你。
Zutto aitakatta desu.
ずっと会いたかったです。
I've been dying to see you for a very long time.

「be dying to ～」是「非常渴望～」，用來強調長時間積累的情感。

007
好久不見，真的很高興見到你！
Hisashiburi ni aete ureshii desu!
久しぶりに会えて嬉しいです！
It's amazing to see you again after all this time!

008
我太緊張了，想說的話全部忘了。
Kinchou shisugite, hanashitakatta koto zenbu wasuremashita.
緊張しすぎて、話したかったこと全部忘れました。
I'm so nervous that I forgot what I wanted to say.

009
總之，我真的很愛你！
Tonikaku daisuki desu!
とにかく大好きです！
I just love you!

CHAPTER 2 向推傳達心意的實用句子

49

010
我在做夢嗎？
Kore wa yume desu ka?
これは夢ですか？
Am I dreaming?

011
不，這是現實。
Iie, genjitsu deshita.
いいえ、現実でした。
No, it's real.

012
我無法用言語表達我有多愛你。
Anata wo doredake aishiteiru ka, setsumei suru koto ga dekimasen.
あなたをどれだけ愛しているか、説明することができません。
I can't express how much I love you.

013
你棒到讓我心好痛。
Suteki sugite mune ga kurushii desu.
素敵すぎて胸が苦しいです。
You're so amazing it hurts.

014
我的視線深深被你吸引。
Watashi no me wa anata ni suiyoserarete imasu.
私の目はあなたに吸い寄せられています。
My eyes are drawn to you.

015
我深深著迷於你。
Anata ni muchuu desu.
あなたに夢中です。
I'm crazy about you.

ⓘ 「be crazy about～」的意思是「對～著迷／對～傾心」。

016
全世界都成了你的俘虜。
Zensekai ga anata no toriko desu.
全世界があなたの虜です。
The whole world is obsessed with you.

ⓘ 「be obsessed with～」的意思是「被～奪走了心／對～上癮」。

017
你只要活著，就是粉絲福利。
Ikiteru dake de fansa desu.
生きてるだけでファンサです。
Your existence is more than enough for me.

ⓘ 直譯就是「你只要存在就已足夠」。

CASE 1／表達愛意

你是我生活的支柱。／你是我活下去的理由。／你是我的精神糧食。
Anata wa watashi no ikiru kate desu.
あなたは私の生きる糧です。
You are my reason to live.

你的笑容總是療癒了我。
Itsumo anata no egao ni iyasarete imasu.
いつもあなたの笑顔に癒やされています。
Your smile always brings me comfort.

▶「bring ～ comfort」的意思是「給～帶來安慰」。

你是世上最耀眼的那顆星！
Anata wa sekai de ichiban kagayaite imasu!
あなたは世界で一番輝いています！
No one shines brighter than you!

▶「No one[Nobody] ～ 比較級 than...」的意思是「沒有比……更～的人／……是最～的」。

成為你的粉絲是我的驕傲。
Anata no fan de aru koto ga watashi no hokori desu.
あなたのファンであることが私の誇りです。
I'm so proud to be your fan.

你對工作的態度（熱忱）令人敬佩。
Shigoto ni taisuru anata no shisei wo sonkei shite imasu.
仕事に対するあなたの姿勢を尊敬しています。
I respect how committed you are to your work.

▶「be committed to ～」的意思是「專注於～、投入於～」。

很高興能和你聊天。
Ohanashi dekite tanoshikatta desu.
お話しできて楽しかったです。
It was fun talking to you.

請再來日本！
Mata Nihon ni kite kudasai!
また日本に来てください！
Please come to Japan again!

期待你有一天能來日本。
Itsuka Nihon ni kite kureru koto wo tanoshimi ni shite imasu.
いつか日本に来てくれることを楽しみにしています。
I can't wait for you to come to Japan someday.

CHAPTER 2　向推傳達心意的實用句子

CASE 2　讚美

在演唱會、電影、電視劇等各種場合中,看到自己的推及本命展現出可愛及帥氣的模樣時,不禁脫口而出的感嘆之詞,以及想直接讚美的話。

今天依然可愛(帥)到犯規!
今日もかわいい(かっこいい)です!
Kyou mo kawaii (kakkoii) desu!

026
You look cute[cool] as always!

表示「可愛」的詞,有「cute」和「pretty」。「cute」是指帶有一點稚氣的可愛;「pretty」則表達了女性的可愛。另一方面,「帥氣」可用「cool」和「handsome」來表達,「cool」是指冷靜又帥氣;「handsome」則指男性的英俊。「cute」和「cool」是不分性別都能使用,相當方便的表達方式。

CASE 2／讚美

你根本就是天使下凡！
Maji tenshi!
まじ天使！
You're an angel!

被可愛暴擊了！／可愛到爆表。
Kawaisugite monzetsu shimasu.
かわいすぎて悶絶します。
Cuteness overload.

為什麼可以萌成這樣？
Nande sonna ni kawaii no?
なんでそんなにかわいいの？
You're so cute I can't take it.

▶「I can't take it.」是指「我受不了了」，帶有令人無法忍耐的語氣。

本尊根本可愛一百倍！
Jitsubutsu wa motto kawaii!
実物はもっとかわいい！
You're even cuter in person!

▶「in person」的意思是「當面看到、親自見面」。

世界級的可愛！
Sekai reberu no kawaisa!
世界レベルのかわいさ！
World-class cutie!

快被可愛死。
Kyun shi ni suru.
キュン死にする。
I'm dying from cuteness.

美到讓人忘記呼吸。
Iki ga tomaru hodo utsukushii desu.
息が止まるほど美しいです。
You're stunning.

美貌暴擊！
Bi no bouryoku!
美の暴力！
You are drop-dead gorgeous!

▶「drop-dead」的意思是「令人驚艷到無法自已」。

CHAPTER 2 向推傳達心意的實用句子

53

035
顏值爆表！
Biju yuushou desu!
ビジュ優勝です！
You have killer looks!

▶ 「killer」有意指「非常帥氣」的意思，像是「killer smile」(殺手級的微笑／足以讓人屏息的笑容)。

036
視線完全移不開。
Me ga hanasemasen.
目が離せません。
I can't take my eyes off of you.

037
這也太辣了吧！
Sekushii sugimasu!
セクシーすぎます！
You're way too hot!

▶ 「way too～」的意思是「太過～」。

038
你今天的服裝造型好殺！
Kyou no ishou, ii ne!
今日の衣装、いいね！
You're rocking today's outfit!

▶ 「rock」原指「搖滾樂」，在俚語中則可當作及物動詞來使用，意思是「(服裝)很適合」。

039
新髮型超級適合你！
Atarashii kamigata, niatteru!
新しい髪型、似合ってる！
Your new hairstyle looks great on you!

040
你太多才多藝了。
Anata wa tasai desu.
あなたは多才です。
You're a man[woman] of many talents.

041
你的氣場太強了（魅力值爆表）！
Anata no hitogara wa hito wo hikitsukemasu.
あなたの人柄は人を惹きつけます。
You have such a magnetic personality.

▶ 「magnetic」為形容詞，意思是「(像磁鐵一樣)吸引人、有魅力的」。

042
一直都很期待你的新作。
Itsumo anata no sakuhin wo tanoshimi ni shite imasu.
いつもあなたの作品を楽しみにしています。
I'm always excited for your work.

CASE 2 ／ 讚美

今天的演唱會太精彩了！
Kyou no konsaato mo saikou deshita!
今日のコンサートも最高でした！
Today's concert was a blast again!

> 「blast」原指「爆破」，俚語中則可用來表示「開心極了」。

你前陣子的表演，真的相當精彩！
Kono aida no pafoomansu, totemo yokatta desu.
この間のパフォーマンス、とてもよかったです。
Your performance the other day was amazing.

我喜歡你的歌。／你的歌直接戳中我的心！
Anata no uta ga suki desu.
あなたの歌が好きです。
I love your song.

你的歌聲淨化了我的靈魂。
Anata no utagoe ni tamashii ga jouka saremashita.
あなたの歌声に魂が浄化されました。
Your singing cleansed my soul.

> 「cleanse」的意思是「淨化～」，卸妝的英語「cleansing」也是從這個字來的。

你的歌聲是我活下去的動力。
Anata no utagoe kara, ikiru kibou wo moratte imasu.
あなたの歌声から、生きる希望をもらっています。
Your singing gives me hope to live.

這些歌詞陪我度過最難熬的時光。
Tsurai toki, kono uta no kashi ni sukuwaremashita.
つらい時、この歌の歌詞に救われました。
These lyrics saved me through hard times.

前幾天的舞台你把○○這個角色演活了！
Senjitsu no butai de no 〜yaku ga suteki deshita!
先日の舞台での〜役が素敵でした！
Your role as 〜 on the stage was fantastic!

這角色完全就是為你量身打造。
Anata wa ano yaku ni pittari deshita.
あなたはあの役にぴったりでした。
You were the perfect person for that role.

CHAPTER 2　向推傳達心意的實用句子

CASE 3

提出問題或要求

關於「我想多認識我的推！」「我想看到自己本命可愛的模樣！」等等的粉絲請求,接下來將為大家介紹,能在握手會或見面會中派上用場的實用句子。

你的興趣是什麼？
趣味は何ですか？
Shumi wa nan desu ka?

051
What do you like to do in your free time?

「What do you like to do in your free time?」廣義上用於詢問喜愛或沉迷的事物。「What's your hobby?」則是針對對方在特定領域（例如運動或園藝）具有專業知識或技能時的提問,所以不適合在隨口詢問對方愛好的時候使用。

56

CASE 3／提出問題或要求

最喜歡的美食是什麼？
Suki na tabemono wa nan desu ka?
好きな食べ物は何ですか？
What's your favorite thing to eat?

請叫我～！
～ tte yonde kudasai!
～って呼んでください！
Please call me ～!

請幫我取個綽號！
Adana tsukete kudasai!
あだ名つけてください！
Please give me a nickname!

可以和你握手嗎？
Akushu shite kudasai!
握手してください！
Can I shake your hand?

可以幫我簽名嗎？
Sain shite kudasai!
サインしてください！
Can I have your autograph?

▶ 名人的簽名是「autograph」。而「sign」是指「標識、招牌」;「signature」則是文件上的「簽名」。

可以幫我寫個留言嗎？
Yoroshikereba, nanika messeji wo kaite itadakemasu ka?
よろしければ、何かメッセージを書いていただけますか？
If you don't mind, could you write a message to me?

可以拜託你賣個萌嗎？／可以做個可愛的動作嗎？
Aikyou poozu wo shite kudasai!
愛嬌ポーズをしてください！
Could you do a cute pose for me?

可以跟我拍張照嗎？
Issho ni shashin wo totte itadakemasen ka?
いっしょに写真を撮っていただけませんか？
Would you please take a picture with me?

CASE 4

慶祝

出道、生日、獲獎……偶像的快樂對我們粉絲來說,也是無上的喜悅。

恭喜榮獲排行榜第一名!
ランキング1位おめでとう!
Rankingu ichii omedetou!

060
Congratulations for topping the chart!

「Congratulations for ～ing / on+名詞」是用來祝賀對方的努力獲得成果的句子。例如:慶祝出道時,可用「on your debut」;要慶祝得獎,則可說「for receiving an award」。但請留意,祝賀生日或新年時不說「Congratulations ～」,而用「Happy Birthday」或「Happy New Year」。另外,「Congratulations」也可以縮寫成「Congrats」。

58

CASE 4／慶祝

061
生日快樂！
Tanjoubi omedetou!
誕生日おめでとう！
Happy Birthday!

062
祝你有個美好的一年。
Suteki na ichinen wo osugoshi kudasai.
素敵な１年をお過ごしください。
I wish you a wonderful year.

063
出道五週年快樂！
Debyuu go shuunen omedetou!
デビュー５周年おめでとう！
Congrats on your 5th debut anniversary!

064
感覺就像是自己的事一樣開心。
Jibun no koto no youni ureshii desu.
自分のことのように嬉しいです。
I'm just as happy as I would be if it were me.

065
明年的出道週年，希望能在演唱會上一起慶祝！
Rainen no debyuu bi wa, konsaato kaijou de oiwai dekimasu youni!
来年のデビュー日は、コンサート会場でお祝いできますように！
I hope we can celebrate your debut anniversary next year at the concert!

066
希望明年、後年，甚至未來的每一年，都能這樣一直慶祝下去。
Rainen mo sarainen mo sono saki mo, maitoshi oiwai dekimasu youni.
来年も再来年もその先も、毎年お祝いできますように。
I hope we can celebrate like this next year, the year after, and all the years to come.

067
恭喜你畢業了！
Sotsugyou omedetou gozaimasu!
卒業おめでとうございます！
Congrats on your graduation!

068
工作和學業都要兼顧，真的很辛苦！
Shigoto to gakugyou no ryouritsu wa hontou ni taihen datta to omoimasu.
仕事と学業の両立は本当に大変だったと思います。
It must've been hard for you to keep a balance between work and studies.

▶ 「keep a balance between A and B」的意思是「在 A 與 B 之間保持平衡」。

CHAPTER 2　向推傳達心意的實用句子

CASE 5 鼓勵

當本命面臨活動中止、試鏡落選、比賽失利……等不如意時，要相信我們這些粉絲的鼓勵，一定能成為他們繼續前進的助力。

你的努力一定會開花結果的！
努力は必ず報われる！
Doryoku wa kanarazu mukuwareru!

069
Your efforts will definitely pay off!

「pay off」的意思是「（努力）有成果、（努力）得到回報」，雖然與「be rewarded」的用法相同，卻包含了不勞而獲的意思。因此，若想要強調「只要付出就會有所收穫」的話，最好用「pay off」。

CASE 5 ／ 鼓勵

070
你一定會紅起來的！
Zettai ni ureyou ne!
絶対に売れようね！
I'm sure you'll be a star!

071
挫折會讓人更堅強。／經得起打擊，才能變得更強。
Kuyashisa wa anata wo motto tsuyoku suru.
悔しさはあなたをもっと強くする。
What doesn't kill you makes you stronger.

▶ 這句話有「使你吃苦，但不至命絕的經歷，會讓你更堅強」的語意，常用來鼓勵陷入困境的人。

072
我希望能和你一起站在世界的頂端！
Anata to issho ni saikou no keshiki wo mitai desu!
あなたといっしょに最高の景色を見たいです！
I want to see the glorious view from the top with you!

073
輪到你幸福了！
Tsugi wa anata ga shiawase ni naru ban da yo!
次はあなたが幸せになる番だよ！
It's your turn to be happy!

074
排名不代表一切！
Junni ga subete janai yo!
順位がすべてじゃないよ！
Ranking isn't everything!

075
不要對自己太苛刻了。
Jibun no koto wo semenaide hoshii na.
自分のことを責めないでほしいな。
Don't be so hard on yourself.

▶ 「be hard on oneself」的意思是「對自己嚴苛」。

076
別急，慢慢來。
Aseranaide, ippo zutsu de ii n da yo.
焦らないで、一歩ずつでいいんだよ。
Don't rush. Take one step at a time.

▶ 「take one step at a time」的意思是「一步一步來」。

077
我們永遠都是你的後盾。／我們會永遠支持你。
Watashitachi ga itsudemo soba ni iru yo.
私たちがいつでもそばにいるよ。
We will always be on your side.

CHAPTER 2 向推傳達心意的實用句子

CASE 6 感謝

幸好有本命,讓我們明天也能繼續努力下去。因此,要獻上衷心的感謝,給每天為我們帶來活力的本命。

能和你生在同個時代是我這輩子最幸福的事。
Anata to onaji jidai ni umareta koto ni kansha shimasu.
あなたと同じ時代に生まれたことに感謝します。

078
I'm thankful that I was born in the same era as you.

表達「感謝」的形容詞有「thankful」、「grateful」兩種。「thankful」用來感謝自己所擁有的幸福環境及運氣;「grateful」則是對他人給予的恩惠表達謝意。在感謝老天爺的語境之下,用「thankful」會比較合適。

CASE 6／感謝

079
謝謝你來到這個世界。
Umarete kite kurete arigatou.
生まれてきてくれてありがとう。
Thank you for coming into this world.

> 「come into the world」有「來到（出生在）這個世界」的語氣。

080
謝謝你帶給我幸福。
Shiawase wo arigatou.
幸せをありがとう。
Thank you for bringing me happiness.

081
感謝你讓我的每一天都充滿了笑容。
Anata no okage de mainichi tanoshii desu.
あなたのおかげで毎日楽しいです。
I'm happy every day thanks to you.

082
因為你，我成為了世界上最幸福的宅宅。
Anata no okage de sekai ichi shiawase na otaku desu.
あなたのおかげで、世界一幸せなオタクです。
You make me the happiest otaku in the world.

083
感覺明天也能繼續加油了！
Ashita kara mo ganbare sou desu!
明日からも頑張れそうです！
You give me the strength to get through the day!

> 「get through～」是指「度過～」，帶有「度過難關」的語氣。

084
謝謝你們在經歷了這麼多困難之後，仍然沒有解散。
Iroiro atta kedo, guruupu wo tsuzukete kurete arigatou.
いろいろあったけど、グループを続けてくれてありがとう。
Thank you for staying together as a group despite all the struggles.

> 「despite」指「儘管～、即使～」。

085
謝謝你 PO 了這麼讚的照片！
Suteki na shashin appu, arigatou!
素敵な写真アップ、ありがとう！
Thanks for posting awesome pics!

086
謝謝你對我的留言按讚！
Komento e no iine, arigatou!
コメントへのいいね、ありがとー！
Thanks for liking my comment!

CASE 7

應援與
關心健康

「希望本命可以吃很多美食，好好休息」是所有粉絲的眞誠願望。

我會永遠爲你應援。
いつも応援しています。
Itsumo ouen shite imasu.

087
I will always support you.

表示「應援／支持～」的英文有「support」、「cheer for～」、「root for～」三種句型。「support」廣義上意指支持或應援，有時還包含金錢上的援助；「cheer for～」則常用於強烈希望獲勝等情況。

64

CASE 7／應援與關心健康

088
不要太累喔。／好好照顧自己喔。
Karada ni ki wo tsukete ne.
体に気をつけてね。
Take care of yourself.

089
不要太勉強自己。／別太緊張啦。
Muri shinaide ne.
無理しないでね。
Take it easy.

090
要好好犒賞自己，吃些美食喔。
Oishii gohan wo tabete ne.
美味しいご飯を食べてね。
Please treat yourself to something delicious.

▶「treat oneself to～」的意思是「犒賞自己～」，用於希望某人慰勞自己的時候。

091
好好休息喔！
Yukkuri yasunde ne.
ゆっくり休んでね。
Rest well.

092
要保重身體喔！
Kenkou de ite ne.
健康でいてね。
Stay healthy.

093
工作加油！
Oshigoto ganbatte ne.
お仕事頑張ってね。
I wish you the best with your work.

094
無論你選擇哪條路，我都會為你加油的。
Anata ga donna michi wo eranda toshitemo, watashi wa zutto ouenshi tsuzukemasu.
あなたがどんな道を選んだとしても、私はずっと応援し続けます。
No matter what path you choose, I will always cheer for you.

▶「No matter + 疑問詞～」是指「即使（什麼／誰／哪裡／何時／多麼）～，都會……」。

095
期待你未來的精彩表現。
Korekara mo anata no katsuyaku wo tanoshimi ni shite imasu.
これからもあなたの活躍を楽しみにしています。
I'm excited for your future.

CHAPTER 2　向推傳達心意的實用句子

粉絲信的寫法

1 偶像・藝人篇

❶ 致〇〇：

❷ 您好。

❸ 我是您的粉絲，叫做▲▲，住在日本。

❹ 這是我第一次寫粉絲信。

❺ 我非常喜歡您那充滿靈魂的歌聲。

❻ 每當我因為工作而沮喪時，總是會聽您的歌來鼓舞自己。

❼ 特別是當我聽到《朋友》這首歌中「你並不孤單」這句歌詞時，想要再加把勁的動力就會油然而生。

❽ 前幾天頒獎典禮上的表演，真的非常精彩！

除了握手會和社群媒體外，粉絲信也是向偶像傳達愛的方法之一。這個專欄將針對不同對象，介紹幾則範例。對方如果是偶像或藝人，那就告訴他們，你喜歡他們的歌曲或表演的哪些地方吧。

⑨ 現在您應該正忙著準備新專輯，但身體還是要顧好。

⑩ 期待下次在日本舉行的演唱會。

⑪ 今後我也會繼續支持您。

⑫ ▲▲上

① ○○さんへ

② こんにちは。

③ 日本に住むあなたのファンの▲▲と申します。

④ 初めてファンレターを書かせていただきます。

⑤ 私はあなたの魂の込もった歌声が大好きです。

⑥ 仕事で落ち込んでいる時、いつもあなたの歌を聴いて元気をもらっています。

⑦ 特に、「友達」という曲の「キミはひとりじゃない」という歌詞を耳にすると、頑張ろうという気持ちになれます。

❶ 偶像・藝人篇

⑧ 先日の授賞式でのパフォーマンスは最高でした！

⑨ 新しいアルバムの準備でお忙しいと思いますが、どうかお体にお気をつけて。

⑩ 次の日本でのコンサートを心から楽しみにしています。

⑪ これからもずっと応援しています。

⑫　　　　　　　　　　　▲▲より

❶ Dear ○○ ,

❷ Hi.

❸ I am ▲▲ , your fan from Japan.

❹ This is my first time writing to you.

❺ I absolutely love your soulful voice.

❻ Your song always <u>cheers me up</u>①

whenever <u>I feel down</u>② because of

work.

❼ The lyrics "You're not alone" from

your song "Friends" especially

<u>encourage me to</u>③ try again.

❽ Your performance at the awards the

other day was amazing!

❶ 偶像・藝人篇

⑨ I know you're busy working on your new album, but please take care of yourself.

⑩ I'm looking forward to your next concert in Japan.

⑪ I will always support you.

⑫ Sincerely yours,

▲▲

POINT

① cheer ～ up 「讓～有精神」
② feel down 「情緒低落」
③ encourage ～ to... 「鼓勵～去做……」

粉絲信的寫法

② 演員篇

① 致〇〇：

② 您好。

③ 我叫▲▲。

④ 我想要寫封信告訴您，電影《無盡旅程》有多精彩。

⑤ 您所飾演的角色，在克服煩惱和矛盾的過程中，與夥伴們一起成長的模樣，給了我勇氣。

⑥ 震撼人心的動作場面及豐富的表情都很吸引人。

將被演技或作品所吸引的地方傳達出來吧。只要提及工作態度和人格魅力,就能寫出一篇文情並茂的書信。

❼ 而您那年年拓展演技領域,不斷挑戰新事物的精神,也讓我受到激勵。

❽ 聽到這部電影的續集即將上映的消息時,我高興得跳了起來!

❾ 非常期待它在日本上映。

❿ 我知道您非常忙碌,但還是要多多保重。

⓫ 我會永遠支持您的。

⓬ ▲▲上

❶ ○○様へ

❷ はじめまして。

❸ ▲▲と申します。

❹ 映画「終わりなき旅」がどんなにすばらしかったかを伝えたいと思い、手紙を書いています。

❺ あなたが演じる役柄が、悩みや葛藤を乗り越えながら、仲間とともに成長する姿に勇気をもらいました。

❻ 迫力あるアクションも豊かな表情も魅力的です。

❼ 年々演技の幅を広げ、新しいことに挑戦し続けるあなた自身の姿にも刺激をもらって

❷ 演員篇

います。

⑧ 映画の続編も公開されるとの知らせには、跳び上がるほど喜びました！

⑨ 日本での公開が楽しみです。

⑩ お忙しい日々をお過ごしのことと思いますが、どうぞご自愛ください。

⑪ いつまでも応援しています。

⑫ ▲▲より

COLUMN

❶ To my dearest ○○,

❷ Hello.

❸ My name is ▲▲.

❹ I'm writing to you to let you know how wonderful your movie "The Endless Journey" was.

❺ I felt encouraged by seeing the character you played develop with his friends as he overcame problems and struggles.

❻ Your dynamic stunts and rich expressions were fascinating, too.

❼ I'm inspired by① how you keep expanding your acting skills and

❷ 演員篇

trying new things every year.

❽ I jumped for joy② when I heard a sequel will be coming out!

❾ I can't wait for its release in Japan.

❿ You must be busy these days, but I hope you can take good care of③ yourself.

⓫ I will be cheering for you forever.

⓬ Yours truly,

▲▲

POINT
① be inspired by ～　　「受到～的刺激（啟發）」
② jump for joy　　　　「興奮得跳了起來／歡天喜地」
③ take good care of ～　「珍惜～」

粉絲信的寫法

③ 運動員篇

❶ 致〇〇：

❷ 您好。

❸ 我是您的粉絲，叫▲▲。

❹ 為了傳達對您的應援，我特地從日本寄出這封信。

❺ 第一次知道您，是您還在南方足球俱樂部效力的時候。

❻ 當時在電視上觀看實況轉播時，就被您精彩的表現所吸引。

❼ 令人印象深刻的運球、強而有力的射門、精彩絕倫的頂球……

在運動中，心、技、體是最重要的。既然如此，那就寫下對方哪些心、技、體的部分最讓你欣賞，也要記得關心對方的身體狀況。

全部都深深地烙印在我的腦海裡。

❽ 自此之後，只要是您有出場的比賽，我便絕對準時觀看，不會錯過。

❾ 雖然這個賽季您因受傷備受煎熬，但努力投入復健、成功回歸賽場的模樣，反而給了我無比的勇氣。

❿ 但是千萬不要逞強，一定要優先考量到健康喔。

⓫ 我會永遠支持您的。

⓬ ▲▲上

❶ 〇〇様

❷ こんにちは。

❸ あなたのファンの▲▲と申します。

❹ あなたに応援メッセージを伝えたく、日本から手紙をお送りします。

❺ 私が初めてあなたを知ったのは、あなたがサザンフットボールクラブに在籍していた時でした。

❻ テレビで中継されていた試合を観て、あなたの華麗なるプレーの虜になりました。

❼ 強烈なドリブル、パワフルなシュート、鮮やかなヘディング…どれも脳裏に焼きついています。

❽ それ以来、あなたが出場する試合を欠かさずテレビで観ています。

❾ 今シーズンは怪我に苦しんだと思いますが、懸命にリハビリに取り組み、見事復活した姿に勇気をもらいました。

❿ ですが、決して無理せず、健康第一でお過ごしくださいね。

⓫ これからも応援しています。

⓬　　　　　　　　　　　▲▲より

❶ To ○○,

❷ Hello.

❸ I am ▲▲, a fan of yours.

❹ I am writing this letter from Japan to send a message of support to you.

❺ I first found out about you when you were playing for Southern Football Club.

❻ When I watched your game broadcasted on TV, I was captivated ① by your fantastic performance.

Your strong dribbles, powerful shots,

❼ and brilliant headers are all burned into my mind. ②

❸ 運動員篇

⑧ I've never missed a single game of yours since then.

⑨ I know you've struggled with your injury this season, but seeing you diligently work on your rehab and come back from it, <u>gave me so much strength</u>.③

⑩ Please don't <u>push yourself too hard</u>④ and take good care of your health.

⑪ I will keep cheering for you.

⑫ Best wishes,

▲▲

> **POINT**
> ① <u>be captivated by 〜</u>　「為〜所著迷」
> ② <u>be burned into 〜's mind</u>　「深深烙印在〜的腦海中」
> ③ <u>give 〜 strength</u>　「賦予〜力量」
> ④ <u>push oneself too hard</u>　「勉強、硬撐」

COLUMN

表達「喜歡」的句子

除了「I like ～.」及「I love ～.」之外，還有各種不同的愛情表達方式。只要理解這些差異，就能根據自己喜好的種類和程度來表達。

MAX! ↑

～ means the world to me. 「～是我的一切」 「～は私の全てだ」	對我來說就等同於整個世界，是無可替代的存在。
I adore ～. 「深深地愛著～」 「～を深く愛している」	表達相當於溺愛或崇拜等級的愛。
I'm obsessed with ～. 「被～奪走了心、被～迷住了」 「～に心を奪われている、 　～に病みつきになっている」	心裡頭都是某件事或某個人，已經無法思考其他事。
I'm crazy about ～. 「對～著迷，對～神魂顛倒」 「～に夢中だ、～にゾッコンだ」	瘋狂地愛著的意思。
I'm addicted to ～. 「中了～的毒」 「～中毒だ」	如中毒或沉迷般愛到無法自拔。
I love ～. 「非常喜歡～」 「～が大好きだ」	表達純粹無法抗拒的喜愛之情。
I'm hooked on ～. 「迷上了～」 「～にハマっている」	著迷於某事物。
I'm into ～. 「熱衷於～」 「～に熱中している」	迷戀的程度比「hooked on」輕微。
I have a crush on ～. 「對～有好感」 「～に好意がある」	表達淡淡的戀慕之情或憧憬。

喜愛程度

ENGLISH FOR
OSHIKATSU

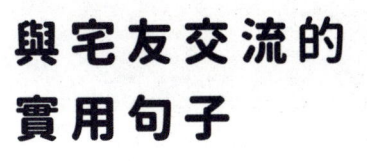

CHAPTER **3**

與宅友交流的實用句子

CASE 1 分享推的魅力

對推的愛能夠跨越國界,加深宅宅間的羈絆!

等等,我受不了,要瘋了。
待って無理しんどい。
Matte muri shindoi.

096
Omg, wait no, I can't, it's too much!

「Omg」是「Oh my god」(天哪、騙人),「I can't」是「I can't do this」(我不行了、我快瘋了)的意思。「it's too much」有「太誇張」的語氣。據說英語圈的御宅族,也常因爲本命太尊,或是突如其來的餵糧,而陷入停止思考的狀態呢……!

CASE 1／分享推的魅力

097
本命超尊。
Oshi ga toutoi.
推しが尊い。
My fave is so precious.

098
我的推天下第一！
Oshi shika katan!
推ししか勝たん！
My fave is the best!

099
他太尊了⋯⋯
Toutomi ga sugoi...
尊みがすごい⋯
So damn precious⋯

▶「damn」是俚語，意指煩躁。當作副詞使用時，意思是「非常」。

100
無法用言語形容⋯⋯
Goiryoku ga shinda...
語彙力が死んだ⋯
My vocab is gone⋯

101
退一萬步來說，這太神了。
Hikaeme ni itte saikou da wa.
控えめに言って最高だわ。
To say the least, this is awesome.

▶「太棒了」的相關說法，也請參閱 p.152。

102
讚到爆炸。
Saikou obu saikou.
最高オブ最高。
The best of the best.

103
心跳加速。
Kyun desu.
キュンです。
My heart skipped a beat.

▶ 形容悸動到心跳亂了節奏的意思。

104
只要推看起來幸福就夠了。
Oshi ga shiawase soude nayori.
推しが幸せそうで何より。
My fave looks happy and that's all that matters.

▶「That's all that matters.」是慣用語，意指「這才是最重要的。」

CHAPTER 3　與宅友交流的實用句子

105
我想要守護這個笑容。
Mamoritai, kono egao.
守りたい、この笑顔。
I want to protect this smile.

106
萌到讓人想要保護他。
Kawaisugite hogo.
かわいすぎて保護。
So adorable. Must protect at all costs.

> 「at all costs」的意思是「不惜一切代價」，常跟「protect」（守護、保護）搭配使用。

107
今天又是爲我的推努力的一天！／今天也要爲了本命加油工作！
Oshi no tame ni kyou mo hataraku.
推しのために今日も働く。
Once again, I'll be working for my fave today.

108
好的，我要來當散財童子了～！／完蛋，我要剁手了！
Hai, sesse to sanzai!
はい、せっせと散財～！
Okay, I'm gonna go broke!

> 「go broke」是「破產」。

109
我來養你！
Watashi ga yashinau!
私が養う！
I wanna feed you!

110
讓我進貢！／把我的錢拿去！
Mitugasero!
貢がせろ！
Take my money!

111
這顏值也太不科學了吧？
Biju yosugin?
ビジュよすぎん？
Isn't his[her] visual just flawless?

> 「flawless」是「flaw」（缺點）和「less」（無）所組成的字，意思是「沒有缺點、完美」。

112
國寶級美男子。
Kokuhoukyuu ikemen.
国宝級イケメン。
National-treasure level handsome.

88

CASE 1 ／分享推的魅力

113
我的救世主。
Kyuuseishu.
救世主。
My savior.

114
眼睛的保養。
Me no houyou.
目の保養。
My eye candy.

▶ 「eye candy」的意思是「養眼」，不過有時會用來諷刺對方只有長相可以，因此使用時要小心。

115
我的摯愛／心肝寶貝！
Itooshii!
愛おしい！
The apple of my eye!

▶ 「the apple of ～ 's eye」的意思是「對～來說，是 (宛如心頭肉的) 可愛存在」。

116
奇蹟的40歲！／逆生長的40歲！
Kiseki no yonjussai.
奇跡の40歳。
A miraculous 40-year-old.

117
40歲還能這麼年輕？根本就是吃了防腐劑！
Konna yonjussai iru? Akachan jan!
こんな40歳いる？赤ちゃんじゃん！
Have you ever seen such a 40-year-old?
He[She] looks as young as a baby!

118
他是我們日本人的驕傲。／他是日本之光。
Kare wa Nihon ga hokoru beki takara da.
彼は日本が誇るべき宝だ。
He is a treasure we Japanese should be proud of.

119
她是團體未來的希望。
Kanojo wa guruupu no kibou da.
彼女はグループの希望だ。
She is the rising star of the group.

▶ 「rising star」的意思是「備受期待的新星，未來有潛力的人物」。

120
他很有領袖魅力 (偶像氣質)。
Kare wa karisuma teki da.
彼はカリスマ的だ。
He is charismatic.

CHAPTER 3　與宅友交流的實用句子

121
她是絕對王牌。
Kanojo wa zettaiteki na eesu da.
彼女は絶対的なエースだ。
She is definitely the ace.

122
他是 C 位的不二人選。
Kare wa sentaa ni fusawashii.
彼はセンターにふさわしい。
He deserves to be in the center.

123
她的舞台氣場也太強了吧！
Kanojo no butaijou no sonzaikan wa yabai.
彼女の舞台上の存在感はやばい。
Her stage presence is out of this world.

▶ 「out of this world」是俚語，意指極其出色，無法用地球上的標準來衡量。

124
他完美地宰制了一切。
Kare wa kanpeki ni konashita.
彼は完璧にこなした。
He nailed it.

▶ 「nail」的原意是「釘釘子」。由於打釘成就感，當作俚語使用時，衍生出「做得很好」的意思。

125
她非常全能。
Kanojo wa nandemo kiyou ni yaru.
彼女は何でも器用にやる。
She is an all-rounder.

126
他是大家可靠的隊長。
Kare wa minna no tayoreru riidaa da.
彼はみんなの頼れるリーダーだ。
He is their reliable leader.

127
她負責搞笑。
Kanojo wa owarai tantou da.
彼女はお笑い担当だ。
She is the clown of the group.

▶ 「clown」除了「小丑」之外，也有「氣氛帶動者、讓大家笑的人」之意。

128
他的歌聲很穩定。
Kare no utagoe wa antei shite iru.
彼の歌声は安定している。
His voice is stable.

CASE 1／分享推的魅力

129
他的高音非常有力。
Kare no kouon wa pawafuru da.
彼の高音はパワフルだ。
His high notes are powerful.

130
她的舞蹈太強了。
Kanojo no dansu yabasugi.
彼女のダンスやばすぎ。
She is a dancing machine.

▶「dancing machine」是指「舞技高超且能掌握節奏的人」。

131
她的舞蹈從未讓我們失望。
Kanojo no dansu ni gakkari saserareta tameshi ga nai.
彼女のダンスにがっかりさせられたためしがない。
Her dance never disappoints us.

132
他是表情管理的天才。
Kare wa hyoujoukanri no tensai da.
彼は表情管理の天才だ。
He's a genius at controlling facial expressions.

▶「genius at [in] ～」的意思是「～的天才」。

133
她在短時間內成長超多。
Kanojo wa mijikai kikan de yoku seichou shita.
彼女は短い期間でよく成長した。
She made so much progress in such a short time.

134
大家都沒發現她跳舞變超強的嗎？
Dare mo kanojo no dansu no joutatsu ni tsuite hanasanai no?
誰も彼女のダンスの上達について話さないの？
No one's gonna talk about the improvement in her dance?

135
他的才華被低估了。
Kare no sainou wa kashouhyouka sareteru.
彼の才能は過小評価されてる。
His talent is underrated.

136
他天生就是當明星的料。
Kare wa sutaa ni naru tame ni umarete kita.
彼はスターになるために生まれてきた。
He was born to be a star.

CHAPTER 3　與宅友交流的實用句子

91

CASE 2

分享作品的感想

在這個可以即時於社群媒體分享作品感想的時代，要是能在不被劇透的情況之下，與全世界的宅友交流，那就好了。

我可以腦補一整晚。
考察がはかどる。
Kousatsu ga hakadoru.

137
I could ponder on this all night.

「深入思考〜」可以用「ponder on〜」或「consider〜」來表達。「ponder on〜」的意思是「對沒有答案的問題深入思考」，因此與「(對故事謎題) 腦補、開腦洞、考察」有相似的語感。而另一方面，「consider〜」的意思，是先對幾個選擇進行檢討後，再做出判斷或決定。

CASE 2 ／ 分享作品的感想

138
太神了這一集。
Maji kamikai.
まじ神回。
It was literally the best episode.

139
好想擦去記憶再看一次喔。
Kioku wo keshite mou ikkai mitai.
記憶を消してもう１回観たい。
I wish I could erase my memory and watch it for the first time again.

140
這季的作畫超神。
Kon shiizun no sakuga ga kami.
今シーズンの作画が神。
The drawing this season is just perfect.

141
原作的還原度很高。
Gensaku saigendo ga takai.
原作再現度が高い。
It's so close to the original.

142
最後一幕相當耐人尋味。
Rasuto shiin ga imishin da.
ラストシーンが意味深だ。
The last scene is so deep.

▶ 「deep」除了物理上的深度，也可用來表示內容的深度和複雜度。

143
不知不覺就一口氣追到最後一集了。
Atto iu ma ni saishuuwa made ikki mishite shimatta.
あっという間に最終話まで一気見してしまった。
I binge-watched this to the last episode in a blink.

▶ 「binge-watch」的意思是「一口氣看完」，「in a blink」的意思是「瞬間」。

144
已經等不及要看第二季了……
Ni ki made matenai...
２期まで待てない…
I can't wait for season 2…

145
期待續集。
Zokuhen ni kitai.
続編に期待。
Looking forward to the sequel.

146
回過神來，自己已經重刷五遍以上。
Kizuitara gokai ijou yomikaeshite ita.
気づいたら5回以上読み返していた。
I reread this at least five times without even realizing.

147
我被這部作品的世界觀深深吸引。
Sakuhin no sekaikan ni hikikomareru.
作品の世界観に惹き込まれる。
I've been attracted to its fantastic world.
▶ 「be attracted to～」的意思是「被～所吸引」。

148
振奮人心的展開。
Muneatsu na tenkai da.
胸熱な展開だ。
The storyline is touching.
▶ 「touching」是形容詞，意指「感動人心的、讓人情緒激動的」。

149
我能感受到創作者滿滿的愛意。
Seisakujin no ai shika kanjinai.
制作陣の愛しか感じない。
I could feel so much love from the creators.

150
我好感動……
Emo emo no emo...
エモエモのエモ…
I'm getting emotional…

151
這根本就是宅宅的腦洞嘛。／這簡直是粉絲向嘛。
Otaku no mousou tsumekonderu.
オタクの妄想詰め込んでる。
This is like made for the fans.

152
○○和▲▲的互動實在是太棒了！
○○ to ▲▲ no karami ga saikou!
○○と▲▲の絡みが最高！
The interaction between ○○ and ▲▲ is the best!

153
本命角色死了，我明天要跟公司請假。
Oshi kyara ga shinda node, ashita kaisha yasumimasu.
推しキャラが死んだので、明日会社休みます。
My favorite character died,
so I'm going to take a day off from work tomorrow.
▶ 「take a day off from work」的意思是「請假不上班」。

94

CASE 2 ／ 分享作品的感想

本來只是輕鬆玩玩，沒想到竟然入坑了。
Keisotsu ni purei shite, numa ni hamatta.
軽率にプレイして、沼にハマった。
I casually tried the game, and I got hooked.

「get hooked」的意思是「著迷、沉迷」，指心像被魚鉤 (hook) 鉤住一樣，深深被吸引。

耐玩度超高喔！
Yarikomi youso mansai da yo!
やり込み要素満載だよ！
There are so many things worth doing!

「be worth ～ing」的意思是「值得做～」。

劇情很有趣。
Shinario ga omoshiroi.
シナリオが面白い。
It has an interesting plot.

這個角色太強了！
Kono kyara tsuyosugiru!
このキャラ強すぎる！
This character is OP!

「OP」是「overpowered」的縮寫，遊戲用語，意思是「(角色或武器) 過於強大」。

這個角色設計太出色了。
Kyara deza ga shuuitsu.
キャラデザが秀逸。
The character design is outstanding.

被他 (她) 那迷人嗓音撩到受不了……
Ikebo de shinzou motan…
イケボで心臓持たん…
His[Her] sweet voice melted my heart…

「melt ～'s heart」是「融化～的心、使～神魂顛倒」。

這次合作太棒了！
Kore wa ryou korabo!
これは良コラボ！
What a fabulous collaboration!

這次的活動讓人吃盡苦頭。
Kounanido ibe datta.
高難易度イベだった。
That was a very difficult event.

CHAPTER 3 與宅友交流的實用句子

95

162
新專輯讚到爆炸！
Atarashii arubamu ga baku ike!
新しいアルバムが爆イケ！
The new album slayed!

「slay」原意是「殺掉～」，在俚語中意指「很棒」。

163
這首新歌很洗腦。
Shinkyoku ga kyacchii da.
新曲がキャッチーだ。
The new song is catchy.

164
這首歌太神了，我無限循環播放中！
Kamikyoku na node oni ripi shiteru!
神曲なので鬼リピしてる！
This song is a bop, so I keep streaming it!

「bop」是「be-bop」的縮寫，原本是爵士樂的其中一個類型，在俚語中用來表示好聽的歌曲或神曲。

165
那一段旋律根本有毒！
Sono paato ga atama kara hanarenai.
そのパートが頭から離れない。
That part has been stuck in my head.

「be stuck in my head」的意思是「在腦海裡揮之不去」

166
歌詞太催淚了。
Kashi ni nakasareta.
歌詞に泣かされた。
The lyrics made me cry.

167
這唱功太神了……！
Attouteki kashouryoku...!
圧倒的歌唱力…！
Her[His] singing is incredible!

168
她的天籟之音遲早會被世界聽見……！
Kanojo no uta no umasa ga sekai ni barete shimau...!
彼女の歌のうまさが世界にバレてしまう…！
The whole world's going to find out what a beautiful voice she has!

169
我喜歡那個場景的編舞。
Ano bamen no furitsuke ga suki.
あの場面の振り付けが好き。
I like the choreography in that scene.

CASE 2／分享作品的感想

170
這舞技把我電到不行。
Dansu umasugite bibitteru.
ダンスうますぎてビビってる。
I'm freaking out because of their dancing skills.

▸ 「freak out」是俚語，意指「因過於驚訝而嚇到、崩潰」。

171
大家的舞蹈動作完美同步。
Minna no dansu ga shinkuro shiteru.
みんなのダンスがシンクロしてる。
Their dance moves are so in sync.

▸ 「sync」是「synchronization」的縮寫，意指「同步」。而「in sync」的意思是「保持同步」。

172
大家的動作都精準到位。
Minna no ugoki ga kirekire.
みんなの動きがキレキレ。
Their moves are so crisp.

▸ 「crisp」可以用來形容酥脆的口感，亦可表示俐落的動作。

173
連馬尾的髮梢都在跳舞！
Poniiteeru no kesaki made odotteru!
ポニーテールの毛先まで踊ってる！
Even the ends of their ponytails are dancing!

174
那段饒舌太強了！
Rappu rain saikou!
ラップライン最高！
That rap line killed it!

▸ 「kill it」是俚語，意指「很棒、很厲害」。

175
饒舌部分太令人震撼了！
Rappu paato ni shibireta.
ラップパートに痺れた。
The rap part blew my mind.

▸ 「blow ～'s mind」的意思是「令～（理性崩潰般地）感動」。

176
這套服裝簡直是為他們量身打造！
Kono ishou, minna ni chou niau!
この衣装、みんなに超似合う！
They look extremely good in these outfits!

177
完美的運鏡。
Kamera waaku ga kanpeki.
カメラワークが完璧。
The camera work is perfect.

CASE 3

提問・呼籲

介紹一些向宅友提問、邀請合作或尋求協助的句子。

歡迎追蹤和留言！
気軽にフォロー・リプライください！
Kigaru ni forou・ripurai kudasai!

178

Feel free to follow me and reply to my posts!

「Feel free to ～.」這個句型的意思是「盡量～喔」，也就是在給對方安心感的同時，表示同意的說法，通常用於與朋友的對話，或社群媒體等一般場合。「Don't hesitate to ～.」意思雖然與其相似，卻是較為正式的表達方式，常見於商務場合。

CASE 3／提問・呼籲

179

我想和來自世界各地的人交朋友！

Iroiro na kuni no kata to tomodachi ni naritai desu!
いろいろな国の方と友達になりたいです！

I want to be friends with people from all over the world!

180

你喜歡什麼類型？

Sukina janru wa nan desu ka?
好きなジャンルは何ですか？

What's your favorite genre?

181

你的推是誰？

Oshi wa dare desu ka?
推しは誰ですか？

Who's your fave?

182

你喜歡哪部作品？

Sukina sakuhin wa nan desu ka?
好きな作品は何ですか？

What's your favorite work?

183

你入坑幾年了？

Fan reki wa nannen desu ka?
ファン歴は何年ですか？

How long have you been a fan?

184

你是怎麼入坑的？

Oshi hajimeta kikkake wa nan desu ka?
推し始めたきっかけは何ですか？

What made you a fan?

185

你覺得他哪一點最圈粉？

Toku ni oseru pointo wa doko desu ka?
特に推せるポイントはどこですか？

What are the characteristics you especially like?

186

有沒有哪場演唱會讓你印象特別深刻？

Inshou ni nokotte iru konsaato wa arimasu ka?
印象に残っているコンサートはありますか？

Were there any concerts that really struck you?

▶「strike」（過去式為「struck」）除了有「擊打～」的意思之外，亦可表示「令～感動」。

CHAPTER 3　與宅友交流的實用句子

187

你對這個場景有什麼看法？
Kono shiin ni taisuru anata no kaishaku wo oshiete kudasai.
このシーンに対するあなたの解釈を教えてください。
Please tell me your interpretation of this scene.

188

未經授權，請勿轉載。
Watashi no sakuhin no mudan tensai wa yamete kudasai.
私の作品の無断転載はやめてください。
Do not repost my works without my permission.

189

請不要劇透。
Netabare shinaide kudasai.
ネタバレしないでください。
Don't spoil it for me, please.

▸「spoil」原指「讓某事物失效」，之後從「破壞他人的樂趣」中引申出「劇透」的意涵。

190

原作劇透，動畫黨慎入！
Gensaku no netabare wo suru node, anime zei no kata wa gochuui kudasai!
原作のネタバレをするので、アニメ勢の方はご注意ください！
Warning to anime watchers: spoiler from the manga ahead!

▸ 關於「劇透」，也請參閱 p.24。

191

有沒有人看了今天的電視節目？
Kyou no terebi bangumi mita hito～?
今日のテレビ番組観た人〜？
Is there anyone who watched today's TV show?

192

讓我們朝一億次播放的目標邁進吧！
Ichioku kai saisei wo mezashimashou!
1億回再生をめざしましょう！
Let's go for 100M views!

▸「go for 〜」的意思是「以〜為目標」。「1億」的英語是「100 million」，可縮寫成「100M」。

193

一起讓新歌進榜吧！
Shinkyoku wo ranku iri sasemashou!
新曲をランク入りさせましょう！
Let's get the new single to make the rankings!

194

12點整一起發推，讓這個主題標籤登上熱搜吧！
Juuniji ni issei ni tsuiito shite, kono hasshutagu wo torendo iri sasemashou!
12時に一斉にツイートして、このハッシュタグをトレンド入りさせましょう！
Let's all tweet at 12 pm and get this hashtag trending!

CASE 3 ／ 提問・呼籲

拜託投票給這位練習生！
Kono renshuusei e no touhyou wo onegai shimasu!
この練習生への投票をお願いします！
Please vote for this trainee!

> 「vote for～」的意思是「投票給～」。

讓我們一起慶祝～的生日吧！
～ no tanjoubi wo issho ni oiwai shimashou!
～の誕生日をいっしょにお祝いしましょう！
Let's celebrate ～'s birthday together!

我們這些粉絲要不要集資做個應援廣告呢？
Fan yuushi de koukoku wo dashimasen ka?
ファン有志で広告を出しませんか？
Why don't we fans get together and make an ad?

> 「ad」是「advertisement」的縮寫，意思是「廣告」。

我們這些粉絲正在計劃共同製作留言板。
Fan yuushi de yosegaki wo tsukuru koto wo kikaku shite imasu.
ファン有志で寄せ書きを作ることを企画しています。
We fans are planning to create a message board.

歡迎大家留言。
Messeji wo boshuu chuu desu.
メッセージを募集中です。
I'm gathering messages.

我要舉辦一場線下聚會（粉絲聚會／同好見面會）。
Ofukai wo kaisai shimasu.
オフ会を開催します。
I will be holding an offline meet-up.

讓我們聊個痛快吧！
Ooi ni kataraimashou!
大いに語り合いましょう！
Let's have a good long talk, shall we?

> 「have a good long talk about～」的意思是「針對～好好聊聊」。

有意參加者請在下方留言或私訊。
Sanka wo kibou sareru kata wa, ripu ka DM kudasai.
参加を希望される方は、リプか DM ください。
If you want to participate, reply to this tweet or DM me.

CASE 4
回應發文或留言

> 我懂……我真的懂……為什麼我們的心意能如此相通呢……

我懂。
それな。
Sorena.

203
I know, right?

「I know, right?」是年輕人用來表達共鳴的常用句子，在社群媒體上通常會縮寫成「ikr」。「For sure.」或「So true.」也能用在語境相似的情況之中。若是稍微正式一點的場合，「Definitely.」或「Absolutely.」會比較常用。

102

CASE 4 ／ 回應發文或留言

204
眞的就是這樣！
Honto sore.
ほんとそれ。
For sure.

205
完全懂。／飯圈人懂的。
Wakaru.
わかる。
I know what you mean.

206
認同到不行。
Wakarimi shika nai.
わかりみしかない。
You can say that again.

207
正解。
Seikai.
正解。
That's correct.

208
完全同感！／我們是靈魂雙胞胎吧？
Kaishaku icchi.
解釈一致。
Are you my twin?

▶ 形容彼此的思考邏輯相似到如同雙胞胎的表達方式，在社群媒體上經常看到。

209
超級贊同。
Hageshiku doui.
激しく同意。
I couldn't agree more. / I'm totally with you.

210
想按一百萬個讚！
line hyakuman kai oshitai!
いいね100万回押したい！
I want to like this one million times!

211
懂！
Ryo.
りょ。
Gotcha.

▶ 「gotcha」是「got you」的縮寫，意思是「我明白了」，經常在電子郵件和社群媒體使用。

212
笑死。／笑翻。
Warota. ／ Kusa.
わろた。／草。
I loled. / Haha.

「lol」是「laugh out loud」的縮寫。加在句尾時表示「(笑)」；當作動詞使用時則指「笑翻、笑死」。

213
唉，心好累。
Haa, tsurami.
はー、つらみ。
I'm depressed.

214
淚崩。／哭哭。
Naita. ／ Pien.
泣いた。／ぴえん。
I feel like crying.

215
抖到不行。
Furueru.
震える。
I'm shaking.

216
太犯規了。
Tamaran.
たまらん。
I can't even.

對某種極其美好，或是令人感動的事物，已經到了難以言喻的狀況。

217
羨慕死了啦！
Urayamashii!
羨ましい！
I'm so jelly!

「jelly」是「jealous (羨慕)」的俚語，語氣比「jealous」溫和。

218
完了，GG 了啦！
Tsunda.
詰んだ。
I screwed up.

219
我的人生結束了。
Jinsei owatta.
人生終わった。
My life's a mess. / It's all over.

104

CASE 4／回應發文或留言

220
真的假的？
Maji de?
マジで？
Seriously?

221
騙人的吧？／不會吧！
Uso desho?
嘘でしょ？
For real?

222
什麼什麼？
Nani nani?
なになに？
Say what?

223
太扯了吧！
Masaka!
まさか！
No way!

224
我不相信！
Shinjirannai!
信じらんない！
Get out of here!

> 除了「你給我出去」，這句話也可以用來表達驚訝，意指「真的嗎？騙人的吧」。

225
先冷靜一下。
Ittan ochitsukou.
一旦落ち着こう。
Calm down.

226
這也太天才了吧。
Tensai ka yo.
天才かよ。
You're a genius.

227
這也太犯規了吧！
Konnan zurui wa!
こんなんずるいわ！
This is so not fair!

> 年輕女孩在撒嬌時常用的句子。

CHAPTER 3　與宅友交流的實用句子

CASE 5 拉新粉入坑

強迫別人雖然不好，但朋友如果也喜歡自己所屬的圈子或本命時，真的會很開心。

歡迎掉進～的坑！
～の沼へようこそ。
~ no numa e youkoso.

228
Welcome to the obsession with ～.

「obsession」原本是「被纏住而無法擺脫之物」的意思，之後用來指稱沉迷於特定人物或作品、無法自拔的狀態，也就是御宅族用語中的「坑」。如果加上「with～（人名、作品名）」的話，就可用來表達「掉進～的坑」。也請一併查看p.15的介紹。

CASE 5／拉新粉入坑

229
我想把你推進～的坑裡。
Anata wo ～ no numa ni shizumetai.
あなたを～の沼に沈めたい。
I want to get you obsessed with ～ .

▶「get ～ obsessed with...」的意思是「讓～深陷於……的坑裡」。

230
要趁能推的時候用力推。
Oshi wa oseru toki ni ose.
推しは推せる時に推せ。
You need to cheer for your fave when you can.

231
入坑永遠不嫌晚。
Oshi hajimeru no ni ososugiru nante koto wa nai.
推し始めるのに遅すぎるなんてことはない。
It's never too late to become a supporter.

▶「never too late to ～」的意思是「做～永遠不嫌遲」。

232
本命有益健康。
Oshi wa kenkou ni ii.
推しは健康にいい。
Having a fave is good for your health.

233
本命也有益美容。／推是最好的保養品！
Oshi wa biyou ni mo ii.
推しは美容にもいい。
Having a fave is good for your beauty as well.

234
你喜歡這種類型，對吧？
Kouiu no suki desho?
こういうの好きでしょ？
You like this kind of stuff, right?

235
阿宅都愛這一款。
Otaku zenin suki na yatsu.
オタク全員好きなやつ。
All the geeks like this.

▶ 有關「御宅族」，請參考 p.13。

236
這是全人類都該上的必修課。
Zenjinrui rishuu subeki hissukamoku.
全人類履修すべき必須科目。
This is a mandatory subject all mankind should learn.

CHAPTER 3　與宅友交流的實用句子

107

237
推薦愛～的人必追。／～飯絕對要補！／～控快來看！
～ga suki na hito ni osusume.
～が好きな人におすすめ。
I recommend it to people who like ～.

238
我保證妳一定會喜歡！
Zettai ki ni iru tte!
絶対気に入るって！
I guarantee you'll like it!

>「guarantee」的意思是「保證～」。

239
雖然會掉進時間的黑洞裡，但值得。
Jikan tokeru kedo sono kachi ari.
時間溶けるけどその価値あり。
Time will fly but it's definitely worth it.

>「Time flies.」是用來形容「時間過得飛快」的慣用語。

240
不會讓你後悔的。
Koukai sasenai yo.
後悔させないよ。
You won't regret it.

241
一旦入坑，整個世界都會閃閃發光喔。
Hamattara sekai ga kagayaite mieru yo.
ハマったら世界が輝いて見えるよ。
Once you're into it, the world will seem brighter.

>「be into ～」的意思是「熱衷於～」。

242
一旦入坑就回不去了，因為這是一個美好的地獄……
Hamattara owari... Tanoshii jigoku da yo...
ハマったら終わり…楽しい地獄だよ…
Once you're hooked, it's over... You're in hell, but it's paradise...

243
只有入坑，沒有脫粉！
Mou moto no sekai ni modorenai yo.
もう元の世界に戻れないよ。
You won't be able to go back to the world you came from.

244
你會淪陷喔。／你會上癮喔。
Chuudoku ni naru yo.
中毒になるよ。
You'll get addicted to it.

>「get addicted to ～」的意思是「沉迷於～」。

108

CASE 5／拉新粉入坑

245
新手入坑的首選是～。
Nyuumon hen toshite wa ～ ga saiteki.
入門編としては～が最適。
～ is great for beginners.

246
先追再說啦。
Mazu wa yonde, hanashi wa sore kara da.
まずは読んで、話はそれからだ。
Read it first, then we'll talk.

247
先從這部影片開始吧。
Tehajime ni kochira no douga wo douzo.
手始めにこちらの動画をどうぞ。
First off, watch this video.

「first off」的意思是「首先、第一個是」。

248
我會借你DVD的！
DVD kasu kara!
DVD貸すから！
I'll lend you the DVD!

249
看就對了。
Toriaezu mite.
とりあえず観て。
Just watch it.

250
不要多問，看就對了。
Nanimo iwazu ni mite.
何も言わずに観て。
Don't say anything, just watch it.

251
看一次你就會懂的。／看過一次就會被圈粉的。
Ikkai mireba wakaru kara.
1回観ればわかるから。
Once you see it, you'll understand.

252
看了保證容光煥發！
Kore mitara hadatsuya yoku naru yo!
これ観たら肌ツヤよくなるよ！
Watch this for clearer and more radiant skin!

「radiant」的意思是「閃耀的、光亮的」。

CHAPTER 3　與宅友交流的實用句子

109

253
超羨慕第一次讀這個的人。
Korekara hajimete yomu hitotachi ga urayamashii.
これから初めて読む人たちが羨ましい。
I'm jealous of the people who are going to read this for the first time.

▶「be jealous of～」的意思是「對～感到嫉妒／對～感到羨慕」。

254
看到第10集左右就棄坑的人，拜託再給一次機會啦……
Jukkan zengo de ridatsu shita hitotachi, mou ikkai yonde hoshii…
10巻前後で離脱した人たち、もう1回読んでほしい…
I wish the people who stopped reading at around the 10th volume would start reading again...

255
結局超震撼喔。
Shougeki no rasuto ga matteru yo.
衝撃のラストが待ってるよ。
It has a surprise ending.

256
這季的動畫每部都超好看。
Konki no anime wa housaku da yo.
今期のアニメは豊作だよ。
This season's anime are all great.

257
看得出製作公司這次下重本，玩真的！
Seisakugaisha no honki ga mirareru yo.
制作会社の本気が見られるよ。
You can see that the production company worked very hard on this.

258
這部日常番很療癒喔！
Kono nichijoukei anime, iyasareru yo!
この日常系アニメ、癒やされるよ！
This slice of life anime is therapeutic!

▶「slice of life」的意思是「日常番」，或稱「空氣系」，也就是以主人公的日常生活爲劇情的動畫及漫畫。「therapeutic」的意思是「有療癒效果」。

259
現在追還能趕上最新一集喔！
Ima kara demo saishinwa ni oitsukeru yo!
今からでも最新話に追いつけるよ！
It's not too late to catch up to the latest episode!

260
現在正是各種伏筆回收的最高潮。
Ima, iroiro na fukusen ga kaishuusareru ichiban omoshiroi tokoro.
今、いろいろな伏線が回収される1番面白いところ。
This is the best part because a lot of the foreshadowing finally pays off.

▶ 關於「伏筆」，請參見 p.25。

CASE 5／拉新粉入坑

261
這遊戲是神作！／這遊戲太神了吧！
Kamigee da yo!
神ゲーだよ！
It's an awesome game!

262
搞笑跟虐心的部分，安排得超完美！
Neta to shiriasu no baransu ga ii yo.
ネタとシリアスのバランスがいいよ。
The balance of comedy and seriousness is what makes it good.

▶「what makes it good」指「～的優點」。

263
這個角色是由～配音的！
Kono kyara, CV ～ dakara!
このキャラ、CV～だから！
This character is voiced by ～!

▶「CV」是「角色配音」(Character Voice) 的縮寫，和製英語。

264
我們家孩子根本就是無敵！
Uchi no kotachi saikyou na no yo.
うちの子たち最強なのよ。
My faves are the best of the best.

265
最近～真的進步很多，根本判若兩人！
Saikin no ～, sugoku seichou shiteru kara betsujin da yo!
最近の～、すごく成長してるから別人だよ！
Recently ～ has grown a lot and seems like a new person!

266
你一定會找到自己的本命的啦！／一定會有個讓你栽進去的人！
Ki ni naru ko, zettai ni mitsukaru kara!
気になる子、絶対に見つかるから！
I'm sure you'll find someone you like!

▶「I'm sure that～」的意思是「我敢保證～」。

267
你最喜歡哪個人啊？／你 pick 誰啊？
Dono ko ga ichiban suki datta?
どの子が１番好きだった？
Which person did you like the best?

268
我的安利沒有白費……／賣力推坑，終於有人跳下來了……
Jimichi ni fukyo shita kai ga atta...
地道に布教した甲斐があった…
It was worth promoting this to you, even if it took time...

CHAPTER 3 與宅友交流的實用句子

CASE 6

去現場應援

買到推的演唱會或舞台劇的門票的過程,往往是個悲喜交織的故事。

① 參戰前

這根本等於不用錢吧!!
Jisshitsu muryou jan!
実質無料じゃん!

269
It's basically free!

當期待或實際體驗到的滿足感「物超所值」時,通常會用「等於不用錢」、「根本賺到」這些說法來描述自己的感受,英語以「basically free」來表現,這句話有時也可以用來表示免費;若不想引起誤會,可試著說:「It's worth more than the price!」(這物超所值耶!)這樣就沒問題了。

CASE 6／去現場應援～①參戰前～

270
不買對不起自己。
買わざるをえない。
Kawazaru wo enai.
I have no choice but to buy it.

▸「have no choice but to ～」的意思是「不得不～、只能～」。

271
我好想要票。
ご用意されたい。／チケットが欲しい。
Goyoui saretai. *Chiketto ga hoshii.*
I eagerly want that ticket.

▸「eagerly」的意思是「熱心地、渴望地」，當加在「want」前面時，可讓感受更加迫切。

272
行程什麼時候才要出來……
スケジュールまだかな…
Sukejuuru mada kana...
I wonder when the schedule is coming out...

273
開始預購囉！
先行発売始まったぞ！
Senkou hatsubai hajimatta zo!
The presale tickets are out!

274
這次的公演錯過就不會再有了。
この公演は二度とない。
Kono kouen wa nido to nai.
This is a once-in-a-lifetime performance.

▸「once-in-a-lifetime」的意思是「一生僅有一次、不會再有第二次」。

275
錯過會遺憾終身。
観ない後悔は10年続く。
Minai koukai wa juunen tsuzuku.
If I don't see it, I'll regret it for 10 years.

276
要衝洛杉磯嗎？
ロサンゼルスまで飛んじゃう？
Rosanzerusu made tonjau?
Shall we fly to LA?

277
我想全勤所有場次！
全通したい。
Zentsuu shitai.
I want to go to all the performances.

278
一個身體不夠用。
Karada ga tarinai.
体が足りない。
I wish I could have another me.

「真希望能有另一個自己（去看更多演出）」的語氣。

279
錢不是問題。
Kane nara dasu.
金なら出す。
I'll pay, you know.

280
對了，該去積點功德了。
Souda, toku tsumou.
そうだ、徳積もう。
I'm gonna do a good deed.

「do a good deed」指「行善」；而「one good deed a day」則是指「日行一善」。

281
求支援！／集氣！
Kyouryoku onegai shimasu!
協力お願いします！
Please help me out!

282
我來助攻了！
Kyouryoku suru yo!
協力するよ！
I'll help!

283
劇院在召喚我。
Gekijou ga watashi wo yonde iru.
劇場が私を呼んでいる。
The theater is calling for me.

「call for～」的意思是「要求～、需要～」。

284
想像自己在演唱會會場的樣子！
Konsaato kaijou ni iru jibun wo imeeji surun da!
コンサート会場にいる自分をイメージするんだ！
Imagine yourself at the concert!

285
系統當掉了……
Tsunagaranai...
つながらない…
It's not connecting...

CASE 6／去現場應援～①參戰前～

286
開賣就秒殺。
Kaishi ippun de urikireta.
開始1分で売り切れた。
It was sold out in a minute.

287
競爭太激烈了。／比樂透還難中。
Bairitsu takasugi.
倍率高すぎ。
It was super competitive.

▸「competitive」的意思是「競爭激烈的」。

288
抱歉沒幫到你。
Ochikara ni narezu gomennasai.
お力になれずごめんなさい。
I'm sorry I couldn't help you.

289
我還沒認輸。
Mada akiramenai.
まだ諦めない。
I can't give up yet.

290
正在等一般發售。／已經準備好錢包了，就等開賣。
Ippan hatsubai taikichuu.
一般発売待機中。
I'm waiting for the general release.

▸ 票券相關用語，也請參閱 p.36-37。

291
等等，我確認一下行程！
Matte, yotei kakunin suru wa!
待って、予定確認するわ！
Hold on, I'll check my schedule!

▸「hold on」通常會用命令句，意思是「等一下」。

292
我抽到好位置了！
Ryouseki atatta!
良席当たった！
I got a good seat!

293
單飛出征！
Bocchi sansen shimasu!
ぼっち参戦します！
I'll be going alone!

CHAPTER 3　與宅友交流的實用句子

CASE 7 去現場應援

接下來收集一些在購買或交換周邊時，可以派上用場的實用句子。

❷ 商品銷售

我要買三本，一本欣賞、一本收藏、一本傳教……
鑑賞用・保存用・布教用に3冊買うわ…
_{Kanshouyou, hozon you, fukyo you ni sannsatsu kau wa…}

294
I will buy one for watching, one for preserving, and one for promoting.

「watching」的意思是「欣賞」，「preserving」是「珍藏」，「promoting」是「傳教、推坑」。「傳教」直譯的話是「propagation」，但這個詞在有特定宗教信仰的國家可能會引起誤解，故建議使用有「宣傳」意思的「promoting」。關於「傳教」，p.22的用語解說也要一併參閱喔。

CASE 7／去現場應援～②商品銷售～

周邊的資訊終於出來了！
ついにグッズ情報きた！
Tsuini guzzu jouhou kita!
The merch info is finally out!

> 關於周邊商品的用語，也請參閱 p.42-43。

這次的周邊超對我的胃口！
今回のグッズデザインが好み！
Konkai no guzzu dezain ga konomi!
I like the new merch design!

好想全包喔～／選擇障礙又犯了！
迷うな〜。
Mayou na〜.
It's hard to choose.

每個版本都想要。／通通給我包起來！
どの形態も欲しい。
Dono keitai mo hoshii.
I want all of the different forms.

總之，每樣先來一個。
とりあえず１つずつください。
Toriaezu hitotsu zutsu kudasai.
Just give me one of each.

荷包君失血過多。／買太多了。
買いすぎた。
Kaisugita.
I bought way too much.

手滑衝動購物了……
衝動買いしてしまった…
Shoudougai shite shimatta...
I've made an impulse buy...

> 「impulse buy」直譯是「衝動購物」，也可以說「impulse purchase」。

一不小心就課金了……
気づいたら課金してた…
Kizuitara kakin shiteta...
I spent money before I even realized it...

303
我的目標是收集所有推的周邊！
Oshi no guzzu no furukonpu mezasu...!
推しのグッズのフルコンプめざす…！
I'm aiming for a complete collection of my fave's merch!

304
我在瘋狂收集這些周邊！
Kono guzzu wo mugen kaishu shite masu!
このグッズを無限回収してます！
I'm hoarding this merch!

> 「無限回收」指毫無止境地收集相同的周邊商品。「hoard」的意思是「囤積～、收集～」。

305
不要再被物欲牽著鼻子走了！
Butsuyoku sutete!
物欲捨てて！
Let go of your material desires!

> 「let go of～」的意思是「放下～」，「material desire」則是指「物欲」。

306
靠自己抽到推的周邊，好開心！
Oshi jibiki dekite ureshii!
推し自引きできて嬉しい！
I'm excited that I got my fave's merch by myself!

307
買到的徽章，重複率高得驚人。
Kanbajji kattara, meccha kabutta.
缶バッジ買ったら、めっちゃ被った。
I bought badges but I got the same ones.

308
都抽到極限了，還是沒抽到我推。
Kuji jougen suu made hiita noni, oshi ga kimasen deshita.
くじ上限数まで引いたのに、推しが来ませんでした。
My fave didn't come home even though I drew the maximum number of lots.

> 英語圈御宅族在抽獎或扭蛋沒有抽到推時，常用「推不來我家」的方式來表達。

309
每次抽獎都槓龜。
Kuji un nasasugiru.
くじ運なさすぎる。
I don't trust my luck.

310
光速秒殺……／手速根本比不上賣光的速度……
Hikari no hayasa de urikire ta...
光の速さで売り切れた…
It was sold out in a flash…

> 「flash」的意思是「閃光」，「in a flash」則是指「瞬間、立刻」。

CASE 7／去現場應援～②商品銷售～

311
我要狂囤他們的CD。／我要把CD疊成一座小山。
CD wo tsumu.
CD を積む。
I'm piling up their CDs.

> 「pile up～」的意思是「堆積、累積」。

312
我把～帶回家了！
～ wo omukae shimashita!
～をお迎えしました！
I welcomed ～！

313
成功入手特典了！
Tokuten getto shita!
特典ゲットした！
I got the premium bonus!

314
有人想用▲▲換我的○○嗎？
○○ wo ▲▲ to koukan shite kudasaru kata wo sagashite imasu.
○○を▲▲と交換してくださる方を探しています。
I'm looking for someone who can trade me ○○ for ▲▲.

> 「trade～for...」的意思是「以～換……」。

315
我想找一些平常可以用的周邊。
Fudanzukai dekiru guzzu ga hoshii.
普段使いできるグッズが欲しい。
I want something I can use daily.

316
開箱儀式開始。
Kaifuu no gi.
開封の儀。
Time to unbox this.

317
真捨不得開箱！
Kaifuu suru noga mottainai!
開封するのがもったいない！
It's too good to unbox!

318
被周邊包圍的幸福感滿滿……
Guzzu ni kakomareru shiawase...
グッズに囲まれる幸せ…
Being surrounded by merch is paradise…

> 「be surrounded by～」的意思是「被～包圍」。

CHAPTER 3　與宅友交流的實用句子

CASE 8 去現場應援

接著要來介紹觀賞演唱會或舞台劇之後,可以用來與同行者討論,或在社群媒體上分享感想的常用句子。

❸ 正式朝聖

這歌單也太狂了吧。
セットリストが激アツ。
Setto risuto ga geki atsu.

319
The set list is lit.

「lit」是「light」(點燃、使~明亮)的過去分詞,在俚語中意指「最棒的、非常好」。「How was the concert?」(演唱會怎麼樣?)「It was lit!」(太棒了!)還有許多其他表達「最棒」的俚語,大家可參閱p.152的專欄喔。

CASE 8／去現場應援～③正式朝聖～

320
看到～在眼前唱歌跳舞……哭了……
～ ga utatte odotteru...(kanrui)
～が歌って踊ってる…（感涙）
～ is singing and dancing… I'm in tears…

321
這是我臨終前的美夢嗎？／捏我一下，這是真的嗎？
Shinu mae ni miru yume kana?
死ぬ前に見る夢かな？
Is this the dream I see before I die?

322
原來我的推真的存在。
Oshi wa jitsuzai shita.
推しは実在した。
My fave actually exists.

323
我跟推的眼神相撞了！
Oshi to me ga atta!
推しと目が合った！
My eyes met my fave's!

324
腦內硬碟快給我拍好拍滿！
Nounai haado disuku shigoto shiro!
脳内ハードディスク仕事しろ！
I need to imprint this in my brain's HDD!

◉「imprint」的意思是「把～銘刻在（心靈、記憶中）」。

325
現場嗨翻天了！／會場快要炸開了！
Kaijou no moriagari hanpanai!
会場の盛り上がり半端ない！
The concert hall is on fire!

◉「on fire」是俚語，意指「十分熱烈、非常興奮」。

326
燈光一暗下來後，看到那個剪影，我的雞皮疙瘩都起來了！
Anten kara no shiruetto ni torihada tatta.
暗転からのシルエットに鳥肌立った。
I got goosebumps when I saw the silhouette on the stage in the dark.

◉「get goosebumps」的意思是「起雞皮疙瘩」，由「goose」（鵝）和「bumps」（瘤）所組成。

327
換裝的橋段超讚！
Ishou chenji no enshutsu ga saikou.
衣装チェンジの演出が最高。
The costume change part in the show is so cool.

CHAPTER 3　與宅友交流的實用句子

328
MC 太鬧了啦，笑瘋！
MC bakushou!
MC 爆笑！
MC lol!

> 「lol」可以照念字母，或者唸成 /loʊl/。　註：MC，指表演中的串場主持橋段。

329
最強 CP 來了！／地表最強組合登場了！
Saikyou konbi kita!
最強コンビきた！
What an awesome combination!

330
看我這邊！
Kocchi mite!
こっち見て！
Look at me!

331
跟我揮揮手！
Te wo futte!
手を振って！
Wave at me!

332
吉他 solo 加油！
Gitaa soro ganbatte...!
ギターソロ頑張って…！
I'm cheering for your guitar solo!

333
舞台的氣場超強。
Butaijou kara no atsu ga sugoi.
舞台上からの圧がすごい。
The pressure from the stage is overwhelming.

> 「overwhelm」的意思是「壓倒～」。

334
我斷片了。／我當機了！／我的腦袋一片空白。
Kioku ga nai.
記憶がない。
I have no memory.

335
差點忘記呼吸。
Iki suru no wasureteta.
息するの忘れてた。
I totally forgot to breathe.

122

CASE 8／去現場應援～③正式朝聖～

336
體感時間5秒。／一眨眼就沒了。
Taikan gobyou datta.
体感5秒だった。
Felt like 5 seconds.

337
揮螢光棒揮到手快斷了！
Penra no furisugi de kinnikutsuu!
ペンラの振りすぎで筋肉痛！
My muscles hurt from shaking my light stick too much!

338
他們現場根本是行走的CD！
Kuchi kara CD ongen datta.
口からCD音源だった。
Their live vocals sounded exactly the same as the CD.

▶「live vocal」的意思為「現場演唱」，用以表達現場演唱的歌聲與CD一模一樣。

339
這腿看起來簡直有五公尺長。
Ashi ga nagasugite go meetoru atta.
足が長すぎて5mあった。
His[Her] legs looked 5 meters long.

340
我能感受到他們對粉絲滿滿的愛。
Fan e no omoi ga tsutawatte kita.
ファンへの想いが伝わってきた。
I could feel how much they care about their fans.

341
好想趕快寫心得喔……！
Hayaku repo kakanakya...!
早くレポ書かなきゃ…！
I have to write a review about this as soon as I can!

342
感覺可以多活幾年。
Jumyou ga nobita.
寿命が延びた。
My life span was extended.

▶「life span」的意思是「壽命」。

343
這樣我就能繼續活下去了！／感覺可以靠這個再活五百年！
Kore de shibaraku ikirareru.
これでしばらく生きられる。
Because of this, I think I can live for a little longer.

123

CASE 9 聖地巡禮

電影、電視劇的拍攝地也好,漫畫、動畫的舞台背景也罷,不管是二次元還是三次元,都是本命曾經生活過的地方,那就是粉絲心中的聖地。

能來到取景地,感慨萬千,難以言喻。
Rokechi ni korarete kangmuryou.
ロケ地に来られて感無量。

344
I'm speechless that I could visit real-life locations.

想用英文表達「感慨萬千」時,最合適的詞是「speechless」。「speech」(言語)+「less」(沒有)的直譯是「沒有言語」,意思就是「感動到說不出話」。此外,還有「deeply moved」(深受感動)以及「full of emotion」(感情豐富)等表達方式。

CASE 9／聖地巡禮

345
好想跟～呼吸同樣的空氣。
～と同じ空気を吸いたい。
~ to onaji kuuki wo suitai.
I want to breathe the same air as ～.

346
深深地吸一口氣……！／深呼吸，冷靜一下！
思いきり深呼吸…！
Omoikiri shinkokyuu...!
Take a really deep breath!

347
這就是主角們最後相遇的那個樓梯啊！
主人公たちが最後に出会った階段だ！
Shujinkou tachi ga saigo ni deatta kaidan da!
It's the stairs where the main characters finally met each other!

348
想要複製這個構圖！／想要還原劇中的場景！
同じ構図で撮りたい！
Onaji kouzu de toritai!
I want to take a picture with the same composition!

349
我找到～的簽名了！
～のサイン発見！
~ no sain hakken!
I found ～'s autograph!

350
來跟人形立牌打個招呼吧！
パネルに挨拶しよう！
Paneru ni aisatsu shiyou!
Let's say hi to the cardboard cutout!

▶「cardboard cutout」是指將硬紙板切割成名人或角色形狀的「等身大立牌」。

351
回去前先來當一下觀光客。
ついでに観光して帰る。
Tsuide ni kankou shite kaeru.
I'm going to do some sightseeing on my way home.

▶「on my way home」的意思是「回家途中」。

352
這可是我聖地巡禮的戰利品呢！
これ、聖地巡礼のお土産！
Kore, seichi junrei no omiyage!
This is a souvenir from my pilgrimage!

▶ 關於「聖地巡禮」，也請參閱 p.23。

與宅友交流的實用句子

COLUMN

社群媒體上常用的縮寫

在 SNS 上常見的「btw」、「imao」、「tbh」等，到底是什麼的簡稱，又是什麼意思呢？接下來，為大家介紹一些年輕人常用的縮寫。

afk	away from keyboard	暫離／不在電腦前	キーボードから離れる
brb	be right back	馬上回來	すぐに戻る
btw	by the way	對了、順帶一提	ところで
cya	See ya.	再見。	じゃあね。
idc	I don't care.	無所謂。	どうでもいい。
idk/idek	I don't (even) know.	我（根本）不知道。	わからない。
ikr	I know, right?	我懂。	それな。
imo/imao	in my (arrogant) opinion	個人淺見、在我看來	私が思うに、ぶっちゃけ
lmao	laughing my ass off	笑死我了	爆笑
lol	laughing out loud	（笑）	（笑）
ngl	not gonna lie	真心不騙	嘘じゃなくて、マジな話
nsfw	not safe for work	上班不要看	職場での閲覧注意
omg	Oh my god.	天哪。	嘘でしょ。
smh	shaking my head	傻眼、不太ok	やれやれ、呆れた
tbh	to be honest	坦白說	正直に言うと
ttyl	Talk to you later.	待會再聊。	あとで話すね。

語

ENGLISH FOR OSHIKATSU

CHAPTER 4

與管理團隊
（運營）溝通的
實用句子

CASE 1　傳達意見和建議

本章收集了一些能向運營表達意見和需求的相關句子，例如：改善遊戲功能，或要求發行推的作品等。

~供給不足，求餵糧……
Sorosoro ~busoku na node kyoukyuu shite kudasai...
そろそろ~不足なので供給してください…

353
There's a serious ~ shortage. Supplies requested…

「shortage」的意思是「缺貨」，「supplies」是「補給」。刻意使用這兩個嚴肅的經濟用語，反而可以傳達出與日文相同的語感（參閱p.21「餵糧」）。如果想正式要求官方多更新與推有關的資訊，用「We'd really like more frequent content updates.」會比較妥當。

CASE 1／傳達意見和建議

354
希望可以辦新的活動！
Shinki ibento wo yatte hoshii desu!
新規イベントをやってほしいです！
We'd like a new event!

355
請推出自動戰鬥功能。
Ooto batoru kinou wo jissou shite kudasai.
オートバトル機能を実装してください。
Please release an auto-battle function.

356
能盡快修好這個 bug 就太好了。
Hayame ni bagu wo shuusei shite itadakeru to arigatai desu.
早めにバグを修正していただけるとありがたいです。
It would be appreciated if you could fix the bug soon.

> 因為1947年時，初期的電腦曾跑進了蟲而發生故障，後來便將程式上的問題稱為「bug」。

357
希望可以將粉絲的意見納入考量。
Fan no iken wo han'ei shite kudasai.
ファンの意見を反映してください。
Please listen to the voice of the fans.

358
請認真看待用戶問卷的調查結果。
Yuuzaa ankeeto no kekka wo chanto kouryo shite kudasai.
ユーザーアンケートの結果をちゃんと考慮してください。
Please consider the results of the user survey carefully.

359
希望能跟～合作！
～to korabo shite hoshii desu!
～とコラボしてほしいです！
Could you please do a collaboration with ～？

360
不用在意酸民。
Anchi no koto wa ki ni shinaide kudasai.
アンチのことは気にしないでください。
Don't mind the haters.

> 也可以說「Forget the trolls.」。「trolls」是指「在社群媒體或網路上惹是生非的人」。

361
跪求開放網購周邊！
Guzzu wo tsuuhan demo kaeru youni shite itadaketara saiwai desu.
グッズを通販でも買えるようにしていただけたら幸いです。
It'd be wonderful if you could sell your products online, too.

CHAPTER 4　與管理團隊（運營）溝通的實用句子

129

362
希望能出 CD（DVD）！
Enbanka kibou!
円盤化希望！
I'd like this on CD[DVD]!

> 日文的「円盤」直譯是「disk」，但在中文及英文中通常會具體說出是 CD、DVD 還是 Blu-ray（藍光）。

363
求上架串流！／請開放直播！
Haishin kaikin shite kudasai!
配信解禁してください！
Please release this to streaming!

364
敲碗完整版！
Furu bajon de kikitai desu!
フルバージョンで聴きたいです！
I want to hear the full version!

> 這也算是一種稱讚，所以用「I want ～」會比「I'd like ～」更能直接傳達真摯的好意。

365
想看完整的表演！
Furu saizu no pafoomansu ga mitai desu!
フルサイズのパフォーマンスが観たいです！
I want to see the whole performance!

366
請上傳舞蹈練習室影片。
Dansu no renshuu douga wo appu shite kudasai.
ダンスの練習動画をアップしてください。
Post a dance practice video, please.

367
求日文字幕！
Nihongo jimaku wo tsukete hoshii desu.
日本語字幕をつけてほしいです。
Please add Japanese subtitles.

368
拜託給她多一點歌詞！
Kanojo ni kashou paato wo motto warifutte kudasai.
彼女に歌唱パートをもっと割り振ってください。
Please give her more lines.

369
希望每個成員在音樂節目和影片中的鏡頭時間能平均分配。
Ongaku bangumi ya douga de, menbaa wo byoudou ni utsushite hoshii desu.
音楽番組や動画で、メンバーを平等に映してほしいです。
Please give the members equal screen time on music shows and videos.

CASE 1／傳達意見和建議

370
他最近在戲劇裡的表現太優秀了，希望之後能給他更多演戲的機會。
Senjitsu no dorama de no kare ga sugoku yokatta node, kare ni engi no shigoto ga motto aru to ureshii desu.
先日のドラマでの彼がすごくよかったので、彼に演技の仕事がもっとあると嬉しいです。
He was really good in the drama the other day, so I'd love to see him take more acting jobs.

371
也想看看清爽簡潔的造型！／簡單一點的造型感覺也不錯！
Shinpuru na ishou mo mitai desu!
シンプルな衣装も見たいです！
I'd like to see a simpler costume, too!

372
我覺得燈光可以再加強。
Shoumei ni kaizen no yochi ga aru to omoimasu.
照明に改善の余地があると思います。
I think the lighting has room for improvement.

▶「room for improvement」的意思是「改善的空間」。

373
CD 特典的小卡可以換成他們的自拍嗎？
CD no tokuten no toreka wo karera no jidori ni shite itadakemasen ka?
CD の特典のトレカを彼らの自撮りにしていただけませんか？
Could the bonus trading card for the CD be their selfie, please?

374
拜託出這套衣服的壓克力立牌。
Kono ishou no akusuta wo tsukutte kudasai.
この衣装のアクスタを作ってください。
I'd like an acrylic stand with this costume.

375
如果有電視或雜誌的通告可以提前透露嗎？
Terebi ya zasshi nado no roshutsu ga aru toki wa, hayame ni shirasete itadakeru to saiwai desu.
テレビや雑誌などの露出がある時は、早めに知らせていただけると幸いです。
Advanced notice when there's going to be an appearance on TV or in a magazine would be much appreciated.

▶「advanced notice」的意思是「提前通知」。

376
以後也要繼續產出好作品喔！
Korekara mo ii sakuhin wo tsukutte kudasai!
これからもいい作品を作ってください！
I'm looking forward to many more amazing works like this!

377
以後也請繼續當個照顧粉絲的貼心運營！
Korekara mo fan ni yorisou un'ei de ite kudasai!
これからもファンに寄り添う運営でいてください！
I hope your service will always be so good to the fans!

CASE 2 洽詢

直播斷線了！線上見面會進不去！遇到這種情況，要冷靜地聯絡客服人員或管理團隊喔。

請問粉絲信及禮物要寄到哪裡呢？
ファンレターやプレゼントの送り先を教えていただくことはできますか？
Fan retaa ya purezento no okurisaki wo oshiete itadaku koto wa dekimasu ka?

378
Could you tell me where I should send fan letters or presents?

「Could / Would / Can / Will」的意思略有差異。「Can you～?」的意思是「可以～嗎」，「Will you～」是「你有沒有意願～」。若要更委婉地請求，那就分別用Could和Would來表達。這個句子若是使用「Would you～」的話，會給人一種告知是理所當然的感覺，只是在詢問對方的意願而已，然而，這句話原本要問的是對方能不能告訴我們，因此用「Could you～」會比較妥當。

132

CASE 2／洽詢

379
遊戲現在是不是有 bug ？
Genzai geemu ni bagu ga hassei shite imasu ka?
現在ゲームにバグが発生していますか？
Is the game bugged now?

> 「be bugged」的意思是「出現 bug」。

380
可以告訴我預定的維護時間嗎？
Mentenansu no yotei nichiji wo oshiete kudasai.
メンテナンスの予定日時を教えてください。
Could you tell me when maintenance is scheduled for?

381
重灌後不見的資料要怎麼救回來？
Shokika de kieta deeta wo fukugen suru ni wa, dou sureba ii desu ka?
初期化で消えたデータを復元するには、どうすればいいですか？
How do I restore the data that I lost after initializing?

> 「initialize」的意思是「初始化〜、重灌〜」。

382
我無法登入，該怎麼辦？
Roguin dekinai no desu ga, dou sureba ii desu ka?
ログインできないのですが、どうすればいいですか？
I can't log in. What should I do?

383
直播斷線了，該怎麼辦？
Haishin ga tomatta no desu ga, dou sureba ii desu ka?
配信が止まったのですが、どうすればいいですか？
My streaming stopped. What should I do?

384
MV 什麼時候公開？
MV wa itsu koukai saremasu ka?
MV はいつ公開されますか？
When will the music video be released?

385
下一次預定什麼時候來日本呢？
Tsugi no rainichi yotei wa itsu desu ka?
次の来日予定はいつですか？
When do they come to Japan next?

386
下一場演唱會，〜會來嗎？
Tsugi no konsaato ni, menbaa no 〜san wa sanka yotei desu ka?
次のコンサートに、メンバーの〜さんは参加予定ですか？
Is 〜 going to participate in the next concert?

CHAPTER 4　與管理團隊（運營）溝通的實用句子

133

387
我想參加音樂節目的錄影，有沒有專門帶日本人去的團呢？
Ongaku bangumi no kanran wo kibou shite imasu. Nihonjin muke no tsuaa wa arimasu ka?
音楽番組の観覧を希望しています。日本人向けのツアーはありますか？
I'm hoping to go to see their music show.
Do you have any tour packages available for Japanese people?

388
要買幾張 CD 才能換到握手券呢？
CD nanmai kounyuu de, haitacchi ken to hikikae ni narimasu ka?
CD 何枚購入で、ハイタッチ券と引き換えになりますか？
How many CDs do I need to purchase to get a high-five ticket?

389
到哪裡買專輯才能在他們的國家打榜呢？
Doko de CD wo kounyuu shitara, hongoku no chaato ni hanei saremasu ka?
どこで CD を購入したら、本国のチャートに反映されますか？
Where can I buy a CD to have it be reflected in the charts in their home country?

390
我進不去線上見面會的房間，該怎麼辦？
Onrain kouryuukai ni nyuushitsu dekinakatta no desu ga, dou sureba ii desu ka?
オンライン交流会に入室できなかったのですが、どうすればいいですか？
I couldn't get in the online meet-and-greet room. What should I do?

391
線上見面會聽不到聲音，該怎麼辦？
Onrain kouryuukai no onsei ga kikoenakatta no desu ga, dou sureba ii desu ka?
オンライン交流会の音声が聴こえなかったのですが、どうすればいいですか？
I couldn't hear the audio for the online meet-and-greet. What should I do?

392
線上見面會的畫面卡住了，該怎麼辦？
Onrain kouryuukai no gamen ga tomatta no desu ga, dou sureba ii desu ka?
オンライン交流会の画面が止まったのですが、どうすればいいですか？
The online meet-and-greet screen froze. What should I do?

▶「froze」是「freeze」的過去式，用來表示「畫面不動」的情況。

393
請問要怎麼辦理退票？
Chiketto dai no henkin wo onegai shitai no desu ga, dono youni tetsuzuki shitara ii desu ka?
チケット代の返金をお願いしたいのですが、どのように手続きしたらいいですか？
What should I do to get a refund for my ticket?

CASE 2／洽詢

394
在見面會上可以和自己喜歡的成員握手嗎？還是成員是隨機分配的？
Kouryuukai dewa, kibou suru menbaa to akushu dekimasu ka?
交流会では、希望するメンバーと握手できますか？
Soretomo, randamu ni menbaa ga kimeraremasu ka?
それとも、ランダムにメンバーが決められますか？
Can I shake hands with the member of my choice at the meet-and-greet? Or is it decided randomly?

395
日本買得到周邊嗎？
Guzzu wa Nihon kara demo kaemasu ka?
グッズは日本からでも買えますか？
Is it possible to purchase your merchandise from Japan?

396
周邊預計什麼時候到貨呢？
Guzzu no nyuuka yoteibi wa itsu desu ka?
グッズの入荷予定日はいつですか？
When are you expecting to get the merchandise in?

▶「expect to～」的意思是「預計～」。

397
這一包裡面有幾張收藏卡？
Toreedingu kaado wa nanmai iri desu ka?
トレーディングカードは何枚入りですか？
How many cards are there in a pack?

398
剛買的手燈太暗了，可以換一支嗎？
Katta bakari na noni pen raito ga kurai node, koukan shite itadakitai desu.
買ったばかりなのにペンライトが暗いので、交換していただきたいです。
The light stick I just bought is dim already, so I'd like to exchange it.

▶「dim」是形容詞，意指「（燈光）昏暗的」。

CHAPTER 4 與管理團隊（運營）溝通的實用句子

CASE 3

感謝與慰勞

由衷感謝工作人員爲推及粉絲所付出的努力。

被餵糧餵到快要幸福死！
供給過多で呼吸ができないほど幸せです！
_{Kyoukyuu kada de kokyuu ga dekinai hodo shiawase desu!}

399
With all of this content lately, I'm so happy that I can barely breathe!

「I'm so～that I can barely...」的意爲「我太⋯以致於快要無法～」，是情緒激動時可以派上用場的口語表達方式。「I'm so happy that I could cry!」（我幸福到快要哭出來了！）這句話也非常實用。

CASE 3／感謝與慰勞

400
謝謝更新。
Koushin arigatou gozaimasu.
更新ありがとうございます。
Thanks for the update.

401
連續三天都有更新，神到不可置信！
Mikka renzoku koushin wa kami sugimasu!
3日連続更新は神すぎます！
Three days in a row of updates — it's too good to be true!

> 「It's too good to be true.」是「好到難以置信」的慣用表現。

402
運營認真起來了！
Un'ei ga honki dashita!
運営が本気出した！
The production team went all out this time!

> 「go all out」的意思是「全力以赴」。關於「運營」，也請參閱 p.21。

403
充滿了官方的愛。／運營太寵粉了！
Un'ei no ai ga afureteru.
運営の愛が溢れてる。
You can really feel the production team's love.

404
這正是我夢寐以求的！
Masani kouiu no wo motometeta!
まさにこういうのを求めてた！
This is exactly what I was hoping for!

405
太懂宅宅的心了！
Otaku no kokoro wakatteru!
オタクの心わかってる！
You guys really understand an otaku's heart!

406
謝謝你們為了製作更好的作品所付出的努力！
Yori yoi kontentsu ni suru tame ni gojinryoku itadaite iru koto, kansha itashimasu.
よりよいコンテンツにするためにご尽力いただいていること、感謝いたします。
I am very grateful for all your hard work to offer better and better content.

407
我抽到周邊了！太感激了！
Guzzu atarimashita! Arigatou gozaimasu!
グッズ当たりました！ありがとうございます！
I won some merchandise! Thank you!

CHAPTER 4　與管理團隊（運營）溝通的實用句子

408
這麼晚還在忙,辛苦了!
Yoru osoku made otsukare sama desu!
夜遅くまでお疲れ様です!
Thank you for working hard until late at night!

> 英語中沒有對應「辛苦了」的表達方式,因此可以改說「Thanks for your hard work」(感謝你的努力)。

409
謝謝即時處理!
Taiou hayakute tasukarimashita!
対応早くて助かりました!
Your quick response was really helpful!

410
緊急維修辛苦了。
Kinkyuu mentenansu otsukare sama desu.
緊急メンテナンスお疲れ様です。
Thanks for the emergency maintenance.

411
運營太過勞累了,好讓人擔心!
Un'ei hatarakisugi de shinpai ni narimasu.
運営働きすぎで心配になります。
Hey development team, you guys are working so much I'm a little worried about you.

412
累了就休息一下吧!
Yasumeru toki wa yasunde kudasai.
休める時は休んでください。
You should rest when you can.

413
感謝推出方便的新功能!
Benri na shinkinou, arigatou gozaimasu!
便利な新機能、ありがとうございます!
Love the useful new feature!

414
這款遊戲深得我心(精準滿足玩家需求)……
Kouiu kayui tokoro ni te ga todoku geemu de arigatai…
こういうかゆいところに手が届くゲームでありがたい…
It's really nice to play a game that has thought of details like this…

415
多虧了運營,我每天都玩得很開心。
Un'ei sama no okage de, mainichi tanoshiku purei sasete itadaite orimasu.
運営さまのおかげで、毎日楽しくプレイさせていただいております。
It's thanks to the development team's hard work that I can enjoy the game every day.

> 「It's thanks to ~ that...」的意思是「多虧了~」。

CASE 3／感謝與慰勞

416
謝謝你們長久以來對我們團體的支持。
Itsumo guruupu wo sasaete itadaki, arigatou gozaimasu.
いつもグループを支えていただき、ありがとうございます。
Thanks for always supporting the group.

417
感謝你們為暫停活動的成員保留位置。
Katsudou kyuushi shite ita menbaa no ibasho wo mamotte itadaita koto, kansha itashimasu.
活動休止していたメンバーの居場所を守っていただいたこと、感謝いたします。
I thank you for keeping a spot for the group member on leave.

▶「keep a spot」的意思是「保留位置」。

418
我超期待這個活動的！
Ibento tanoshimi ni shite imasu!
イベント楽しみにしています！
I'm looking forward to the event!

419
真是等不及發售日了！
Hatsubai ga machidooshii desu!
発売が待ち遠しいです！
I can't wait for the release!

420
謝謝你們讓～有機會參加演出！
～shutsuen no chansu wo getto shite itadaki, arigatou gozaimashita!
～出演のチャンスをゲットしていただき、ありがとうございました！
Thanks for securing a spot on ～!

▶「spot」的意思是「（節目的）出場」。

421
感謝發行日文版。
Nihongo ban no ririisu, arigatou gozaimasu.
日本語版のリリース、ありがとうございます。
Thank you for releasing a Japanese version.

422
我覺得接下來會有更多人入坑。
Kore de numa ni ochiru hito ga fueru to omoimasu.
これで沼に落ちる人が増えると思います。
Now there are going to be even more people hooked.

423
這次的概念太棒了！
Konkai no konseputo wa saikou deshita!
今回のコンセプトは最高でした！
The concept this time was awesome!

CHAPTER 4 與管理團隊（運營）溝通的實用句子

COLUMN

正式電子郵件的寫法

介紹向運營提出意見、需求或洽詢時，電子郵件的正式寫法。

Subject
件名
主旨

Request: Online concert ①
オンラインコンサートに関する要望
關於線上演唱會的要求

Dear Production Team,
運営の皆様へ
致運營團隊：

Hello. My name is ▲▲ and I'm a fan of ○○ from Japan. ②
こんにちは。私は▲▲と申します。日本に住む○○のファンです。
你好。我叫▲▲，是○○的粉絲，住在日本。

I'm writing to make a request concerning the online concert the other day. ②
先日のオンラインコンサートに関する要望をお伝えしたく、ご連絡いたしました。
此次聯繫，是想對於前幾天的線上演唱會表達一些建議。

I was very happy to be able to see it from Japan, but a part of the video and audio froze since the server went down.
日本からも視聴することができ嬉しかったのですが、サーバーダウンのため映像や音声が一部止まってしまいました。
我很高興日本也能觀看這次的線上演唱會，但因伺服器故障，導致部分影像及音訊中斷了。

Therefore, I'd like to request that you make it available for streaming in an archive. ③
ですので、ぜひアーカイブの配信をお願いしたいです。
因此，我希望貴公司能在平台上傳重播影片。

Also, I know ○○ has fans all over the world, so I would be very thankful if you could improve the server for future online concerts.
また、○○のファンは世界中にいますので、できれば今後のオンラインコンサートのためにサーバーを強化していただきたいです。
另外，由於○○的粉絲遍及全球，因此希望能加強伺服器，以便未來的線上演唱會能夠順利播放。

Thank you for your consideration. ④
ご検討よろしくお願いいたします。
祈求你們能納入考量。

Best regards,
▲▲ ⑤
▲▲より
▲▲敬上

POINT

① 有需求時，主旨要寫上「Request」，詢問時是寫「Inquiry」，後面加上冒號（:），再簡潔寫上事項。

② 首先要寫的，是自我介紹及要件。想要傳達事項時，「I'm writing to ～」或「I'm contacting you to ～」這兩個句子相當實用。

③ 在表達要求時，可以使用「I'd like to request that ～」或「It would be appreciated if ～」。

④ 英語中並沒有完全對應「祈求你們」的表達方式，但可以用這個句子來代替。

⑤ 「Best regards」或「Sincerely」後面加上逗號，隔行再寫上自己的名字。

ENGLISH FOR OSHIKATSU

CHAPTER 5

**海外遠征的
實用句子**

篇

CASE 1 與工作人員溝通

如果有不清楚的地方,就隨時詢問現場的工作人員吧。

可以拍照或錄影嗎?
写真や動画を撮ってもいいですか?
Shashin ya douga wo totte mo ii desu ka?

424
Is it okay to take pictures and videos here?

英語中,有許多不同的表達方式來取得許可,試著記住之間的差異吧。「May[Can] I 〜?」用在可能造成困擾的時候,「Is it okay to 〜?」通常用於詢問一般的規則,因此最適合使用在例句這種情境中。

CASE 1／與工作人員溝通

425
我的座位在哪裡呢？
Watashi no seki wa doko desu ka?
私の席はどこですか？
Where is my seat?

426
這個座位號碼對嗎？／我這個位子是這裡沒錯吧？
Kono chiketto bangou wa kono seki de atte imasu ka?
このチケット番号はこの席で合っていますか？
Is this ticket number for this seat?

427
還有現場票嗎？
Toujitsuken wa arimasu ka?
当日券はありますか？
Are there any same-day tickets available?

428
請問號碼牌在哪裡抽呢？
Seiriken wa doko de moraemasu ka?
整理券はどこでもらえますか？
Where can I get a number?

▶「號碼牌」的英文是「numbered ticket」，但根據上下文，這裡用「a number」會比較自然。

429
我要到哪裡排隊呢？
Doko ni narabeba ii desu ka?
どこに並べばいいですか？
Where do I line up?

430
隊伍的最後面在哪裡？
Saikoubi wa doko desu ka?
最後尾はどこですか？
Where is the end of the line?

431
什麼時候開場呢？
Itsu kaien shimasu ka?
いつ開演しますか？
When does it start?

432
可以帶團扇（螢光棒／手幅）進場嗎？
Uchiwa (pen raito/suroogan) wo mochikonde mo ii desu ka?
うちわ（ペンライト／スローガン）を持ち込んでもいいですか？
Are we allowed to bring paper fans[light sticks/banners]?

▶ 有關「團扇・手燈／螢光棒・手幅」，也請參閱 p.43。

CHAPTER 5 海外遠征的實用句子

433
（最近的）洗手間在哪裡？
(Kokokara ichiban chikai) otearai wa doko desu ka?
（ここから一番近い）お手洗いはどこですか？
Where is the (nearest) restroom?

434
寄物櫃在哪裡？
Kurooku wa doko desu ka?
クロークはどこですか？
Where is the cloakroom?

435
請問周邊要去哪裡買？
Guzzu wa doko de utte imasu ka?
グッズはどこで売っていますか？
Where can I buy merchandise?

436
請給我這個周邊。
Kono guzzu wo kudasai.
このグッズをください。
I'll take this, please.

437
請問有賣節目表嗎？
Kouen puroguramu wo utte imasu ka?
公演プログラムを売っていますか？
Do you have programs available for purchase?

▶ 關於「節目表」，請參閱 p.40。

438
請問吃的要去哪裡買？
Tabemono wa doko de utte imasu ka?
食べ物はどこで売っていますか？
Where are the snacks sold?

▶ 演唱會會場販賣的輕食，一般稱為「snack」。

439
這個場地有 Wi-Fi 嗎？
Kono kaijou ni Wi-Fi wa tootte imasu ka?
この会場に Wi-Fi は通っていますか？
Do you have Wi-Fi here?

440
我可以把這些照片和影片上傳到社群媒體上嗎？
Kono shashin ya douga wo SNS ni appu shite mo ii desu ka?
この写真や動画を SNS にアップしてもいいですか？
Can I post this picture and video on social media?

CASE 1 ／與工作人員溝通

441
可以幫我跟這張海報拍照嗎？
Kono posutaa to shashin wo totte itadakemasu ka?
このポスターと写真を撮っていただけますか？
Could you take a picture of me with this poster?

442
不好意思，粉絲信和禮物要寄放在哪裡？
Fan retaa ya purezento wa doko de azukatte moraemasu ka?
ファンレターやプレゼントはどこで預かってもらえますか？
Where should I put fan letters and presents?

443
計程車（公車／火車）要去哪裡搭？
Takushii (basu/densha) no noriba wa doko desu ka?
タクシー（バス／電車）の乗り場はどこですか？
Where is the taxi stand[bus platform/train track]?

CASE 2 處理問題

出國遠征難免會遇到意想不到的問題，這時可別忘記隨機應變喔。

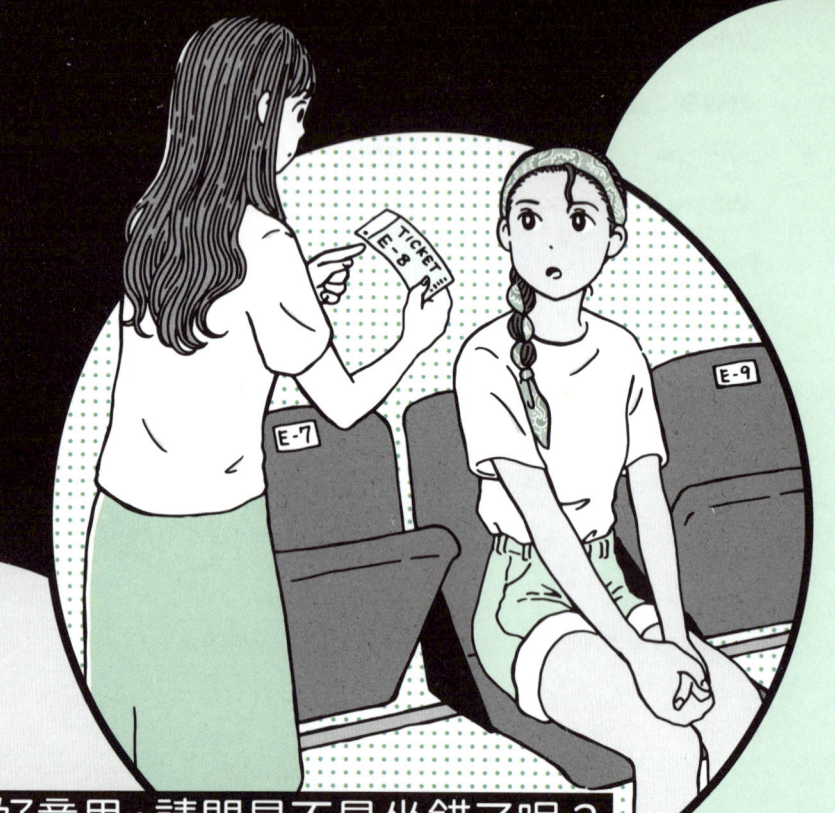

不好意思，請問是不是坐錯了呢？
席を間違えていませんか？
Seki wo machigaete imasen ka?

444
I think you might have the wrong seat.

指出對方坐錯位置需要勇氣，但只要說出這個句子，就可以輕鬆解決問題。加上「I think ～」能表示這只是自己的看法，並不是說對方是錯的；而加上「might」的話，則可以表示自己也有可能是錯的，語氣會更加委婉。

CASE 2／處理問題

445
可以讓我看看你的票嗎？
Chiketto wo misete moraemasu ka?
チケットを見せてもらえますか？
Can I see your ticket?

446
有人坐在我的座位上。
Watashi no seki ni hoka no hito ga suwatte imasu.
私の席に他の人が座っています。
There's someone in my seat.

447
不好意思，我坐錯位置了。
Gomennasai, seki wo machigaete imashita.
ごめんなさい、席を間違えていました。
Sorry, I sat in the wrong seat.

448
抱歉，借過。
Sumimasen, mae wo tooshite kudasai.
すみません、前を通してください。
Excuse me, can I get through?

449
請不要往前傾。
Maenomeri ni naranaide kudasai.
前のめりにならないでください。
Please do not lean forward.

「lean forward」的意思是「讓身體往前傾」。

450
可以請你把扇子（手幅）拿低一點嗎？我看不見舞台了。
Butai ga mienai node, uchiwa (suroogan) wo sagete itadakemasu ka?
舞台が見えないので、うちわ（スローガン）を下げていただけますか？
I can't see the stage.
Could you please lower your fan[banner]?

「lower」的意思是「將～降低」，動詞。

451
這裡禁止拍照。
Koko de no satsuei wa kinshi sarete imasu yo.
ここでの撮影は禁止されていますよ。
Photography is prohibited here.

452
可以請你安靜一點嗎？
Shizuka ni shite itadakemasu ka?
静かにしていただけますか？
Please be quiet.

CASE 2／處理問題

453
你在排隊嗎？
Retsu ni narande imasu ka?
列に並んでいますか？
Are you in line?

454
請不要插隊。
Yokoiri shinaide kudasai.
横入りしないでください。
Don't cut in line, please.

> 「cut in line」的意思是「插隊」。

455
我連不上 Wi-Fi，電子票顯示不出來。
Wi-Fi ni setsuzoku dekizu, denshi chiketto ga hyouji saremasen.
Wi-Fi に接続できず、電子チケットが表示されません。
I can't connect to Wi-Fi, so I can't access my e-ticket.

456
我已經把電子票列印出來了，可以用這個代替驗票嗎？
Denshi chiketto no purinto auto wo motte iru node, sore wo kawari ni kakunin shite itadakemasu ka?
電子チケットのプリントアウトを持っているので、それを代わりに確認していただけますか？
I have my e-ticket printed out, so can you check that instead?

457
票已經給工作人員看過了。
Chiketto wa mou sutaffu no kata ni misemashita yo.
チケットはもうスタッフの方に見せましたよ。
I already showed my ticket to a staff member.

458
爲什麼這張票不能進場呢？／爲什麼我的票不能用？
Naze kono chiketto de wa toorenai no desu ka?
なぜこのチケットでは通れないのですか？
Why can't I go through with this ticket?

459
請問遺失物要在哪裡領取呢？／請問失物招領處在哪裡呢？
Funshitsubutsu wa doko ni azukerarete imasu ka?
紛失物はどこに預けられていますか？
Where are lost items kept? / Where is the lost-and-found?

> 「lost-and-found」的意思是「保管遺失物的地方」，美式英語。

460
有會說日語的工作人員嗎？
Nihongo ga hanaseru sutaffu no kata wa irasshaimasu ka?
日本語が話せるスタッフの方はいらっしゃいますか？
Is there anyone on staff that can speak Japanese?

CASE 3

與其他粉絲交流

難得出國,當然會想要享受與當地粉絲交流的樂趣!

CHAPTER 5 海外遠征的實用句子

這是我第一次出國看演唱會!
海外のライブに参加するのは初めてです!
Kaigai no raibu ni sanka suru no wa hajimete desu!

461
This is my first time to go to a concert in another country!

出國時要注意一點,那就是到達目的地之後那個地方就不算是國外了。在日本的時候可以說「in a foreign country」,但如果是在當地,我們就是「foreigner」(外國人),所以要說「in another country」(在另一個國家)。

149

462
很高興認識你！
Hajimemashite!
はじめまして！
Nice to meet you!

463
你從哪裡來？
Anata wa doko kara kita no desu ka?
あなたはどこから来たのですか？
Where are you from?

464
我從日本來的。
Watashi wa Nihon kara kimashita.
私は日本から来ました。
I'm from Japan.

465
你去過日本嗎？
Nihon ni itta koto wa arimasu ka?
日本に行ったことはありますか？
Have you ever been to Japan?

466
好期待喔，是吧？
Tanoshimi desu ne!
楽しみですね！
It should be fun, huh!

▶「huh」放在句子結尾，意思是「～，是吧！」是尋求對方認同的表達方式。

467
好緊張喔。
Dokidoki shimasu ne.
どきどきしますね。
Isn't this exciting?

468
我好感動喔。
Kandou shimashita.
感動しました。
I was so moved.

469
（對比賽結果）恭喜獲勝！
Omedetou gozaimasu!
（試合結果に対して）おめでとうございます！
Congratulations on your win!

CASE 3 ／ 與其他粉絲交流

470
（對比賽結果）好可惜喔！
Zannen deshita ne.
（試合結果に対して）残念でしたね。
Sorry about the game.

> 比賽結果的接受程度通常因人而異，所以輸的時候最好不要說「your loss」。

471
你經常來看演唱會（舞台劇／比賽）嗎？
Yoku konsaato (engeki/shiai) wo mi ni kuru no desu ka?
よくコンサート（演劇／試合）を観に来るのですか？
Do you come to concerts[plays/games] often?

472
我可以和你一起拍張照嗎？
Yokattara, issho ni shashin wo torimasen ka?
よかったら、いっしょに写真を撮りませんか？
If you don't mind, why don't we take a picture together?

> 「if you don't mind」的意思是「如果你不介意的話」。請求時只要加上，語氣就會變得更有禮貌。

473
方便交換聯絡方式嗎？
Sashitsukae nakereba, renrakusaki wo koukan shimasen ka?
差し支えなければ、連絡先を交換しませんか？
If you don't mind, how about exchanging contact info?

474
你有在用什麼社群軟體嗎？
nani ka SNS wo yatte imasu ka?
何か SNS をやっていますか？
Are you on any social media?

475
我們互加好友吧！
sougo foroo shimashou!
相互フォローしましょう！
Let's follow each other!

476
要不要一起吃個飯再回去？
Gotsugou yoroshikereba, kaeri ni oshokuji shimasen ka?
ご都合よろしければ、帰りにお食事しませんか？
If you're not busy after this, why don't we get a bite to eat somewhere on the way home?

> 「get a bite to eat」是邀約吃飯的慣用表現，口氣比「go to dinner」輕鬆。

477
很高興能和你聊天。
Ohanashi dekite tanoshikatta desu.
お話しできて楽しかったです。
It was great to talk with you.

CHAPTER 5 海外遠征的實用句子

COLUMN

「太棒了」的相關說法

出國遠征去看推表演,想要大喊「太棒了!」時,可以用哪些字彙來表達呢?接下來,就讓我們一起學習從經典用語到流行俚語等,適合各個年齡層的說法吧!

經典用語

awesome	最常用的表達方式。知道這個說法就不會有錯了。
amazing	令人驚艷。
incredible	難以置信地精彩。
perfect	完美無瑕,無可挑剔。
out of this world	超凡脫俗。

俚語

kill/slay	「kill」和「slay」的原意都是「殺掉」,但在口語中通常會當作「最棒」使用,例如:「She's killing it!」(她超讚的!)「His new song slayed!」(他的新歌超洗腦的!)。
sick	原意是「生病的」,但在這裡就和「Their performance was pretty sick!」(他們的表演超精彩的!)一樣,可以當作意指「太誇張了!」「超讚的!」的俚語來使用。
rock	有「搖滾樂」等意思的「rock」當作俚語來使用時是不及物動詞,用法和「That actor rocks!」(那位演員超帥氣的!)這句話一樣,意指「超讚的」。
epic	原本的意思是「敘事詩」、「宏偉的」,但若當作俚語的話,就和「Such an epic movie!」(這是最棒的電影!)這句話一樣,可以用來形容電影、戲劇、小說等是「最棒的」。
on fleek	用法如同「Her eyebrows are on fleek!」(眉毛修得好好看喔!)這句話,主要用來讚美化妝、服裝和髮型等。
dope	原本是指「毒品」,但在俚語中有「超讚、有夠酷、太厲害」的意思。這是嘻哈界常用的字彙,不過現在在各個類別都能派上用場,例如:「The concert was dope!」(這場演唱會超讚的!)。

ENGLISH FOR
OSHIKATSU

SPECIAL
CONTENTS

告訴我吧！
跨國境的
推活小故事

劇團雌貓 & 跨越國界的御宅族座談會

大家和海外的宅友是怎麼變得要好的呢？實際交流時常用的英語句子有哪些呢？為了幫大家解惑，我們特地邀請了三位在全球積極跨越國界追星的御宅族朋友聚在一起。而本書的監修者——宅女團體「劇團雌貓」，會不斷地提出大家感興趣的問題！

參加座談會的成員

灰熊　　刺蝟　　貓頭鷹

我們是跨越國界的御宅族！

——你們好！首先，請告訴我你們推的類別。

灰熊　我是迪士尼控。我喜歡電影《勇敢傳說》(Brave)，所以今天特地把打扮成梅莉達的小綠人玩偶帶過來。

刺蝟　我是追海外舞台劇的。不論是音樂劇還是話劇，我都非常喜歡，特別喜愛的本命演員有 Ben Foster、John Owen-Jones、Hadley Fraser……太多了，說不完！

🦉 **貓頭鷹** 我是偶像迷。喜歡 Hello! Project（早安家族）的女團，ANGERME。

──大家都曾經出國遠征嗎？

🐻 **灰熊** 以上海為中心，我常常去國外的迪士尼樂園。啊，當然，我也曾買過東京迪士尼樂園的年票。

🦔 **刺蝟** 我常去倫敦看舞台劇。我本來就很喜歡日本的舞台劇，不過之後對國外的舞台劇也開始產生了興趣，看了 Blu-ray 之後，就忍不住想要去看現場演出。

🦉 **貓頭鷹** 我曾經參加過 ANGERME 在巴黎及香港的公演。因為 Hello! Project 每年都會舉辦海外演出。

──大家都輕輕鬆鬆地跨越國界呢……！御宅族的行動力還真是驚人呀。那就請你們一一與我們分享有趣的故事吧！

皮克斯（Pixar）的電影導演回了粉絲的信！？

──聽說灰熊先生非常喜歡梅莉達，甚至寫了一封粉絲信給導演……。

🐻 **灰熊** 那是 2012 年上映的作品，但我卻是在 2017 年才寄出那封粉絲信。會經過這麼多年才寫信，是因為某個契機。有次，我去上海迪士尼樂園，入住飯店房間裡的電視可以免費觀看迪士尼電影，裡頭竟然有《勇敢傳說》。自從這部電影上映以來，我不知看了多少次，所以就算是英語配音、中文字幕，我照樣看得懂，結果一個人窩在房間裡看到痛

哭流涕。正當覺得這是一部讓我百看不厭的作品時，沒想到這次東京迪士尼樂園竟然推出了梅莉達的周邊商品。其實梅莉達的周邊商品能和灰姑娘、愛麗兒齊名推出，是非常少見的！因為這些事情接連發生，於是我鼓起勇氣，寫了一封粉絲信給《勇敢傳說》的導演，馬克・安德魯斯（Mark Andrews）。

——原來是命運般的事情接連發生啊。您寫了什麼內容呢？

灰熊　《勇敢傳說》是講述母女之間的故事，所以我寫說「每次看這部電影都會讓我更愛我媽媽」。另外，我還隨信寄了一些在東京迪士尼樂園買到的周邊和對方分享。我完全不會英語，但已經盡力了⋯⋯。

——原來如此！明知自己英語不行，但能寫出粉絲信的行動力真的令人相當佩服。你有參考什麼資料嗎？

灰熊　我在網路上找到了一篇文章，內容非常有系統地整理了寫粉絲信給國外演員的技巧。不過也有用 Google 翻譯。我先用日文概述要點，再用 Google 翻譯翻成英文，然後再用 Google 翻譯翻回日文⋯⋯這個步驟重複了好幾次，才把不合邏輯的敘述去掉。

——結果沒想到對方竟然回信了⋯⋯！

灰熊　沒錯。一個月後，當我收到上頭寫著 PIXAR 的信封時，真的是訝異不已。這封親筆寫的信裡頭不僅告訴我「來自日本的驚喜讓我感到非常高興！」，還附了一張有簽名的場景肖像照。我把這張肖像畫放在辦公桌上，以激勵自己。真的很開心。

——真的很棒耶⋯⋯！灰熊的心意已經跨越汪洋大海傳遞到對方心中了。

因為手機的待機畫面一拍即合

——刺蝟最後一次遠征去倫敦是什麼時候？

刺蝟 應該是2019年11月吧。原本我買了兩張《悲慘世界：舞台劇演唱會》的門票，但到了當地之後又買了取消的票，加上朋友轉讓的票，就這樣變成了七張（笑）。

——哇，太厲害了吧！你會在倫敦觀光嗎？

刺蝟 不，我是處於「什麼是觀光？」的狀態。倫敦有許多劇院每週會演出8場。因為停留的時間很短，能看的表演場次有限，當然要有效率地把時間排得滿滿的，根本沒有時間觀光，每天就只在飯店和劇場之間來來回回。

——太能忍了吧……！你會與當地的粉絲交流嗎？

刺蝟 在因為防疫措施，所以禁止交流，不過當時在劇院等演員時，我們都會用英語問對方「你在等○○嗎？」「這裡是隊伍的最後面嗎？」或者趁用英語交談的機會，與其他粉絲交換看完舞台劇之後的感想。

——在倫敦的劇場裡等待演員進出場是很常見的事嗎？

刺蝟 看人。每個人想法不同。等待的時候當然要遵守基本的禮儀，不可以造成演員和劇場的困擾。如果今天看來不太可能會等到人，那就應該要識相地及時離開。不過在莎士比亞故鄉的英國，舞台演員反而像是一種職業，而不是明星，所以有時看完戲之後，會在回去的地鐵上和他們搭同一班車，感覺非常親切。我覺得這樣的文化差異也很有趣。

──看來戲劇在英國已融入人們的生活之中了。

刺蝟 哦，對了。談到與粉絲互動，我曾經在開演前因爲與坐在旁邊的人喜歡同一位演員，而變得熟悉。

──咦，突然用英文交談嗎？

刺蝟 因爲剛好看到那個人手機的待機畫面，就是我喜歡的演員，所以忍不住和他聊起來了（笑）。那位是英國人，至今還密切保持聯繫喔。

──這真的是一個非常有趣的相遇方式（笑）。所以大家想要找到同好時，把推的照片設定爲待機畫面也不錯，是吧？

海外公演時一定要帶上○○○！

──貓頭鷹去巴黎和香港看 ANGERME 的公演是早就計劃好的嗎？

貓頭鷹 當時，對 ANGERME 來說，海外公演是一個長久以來的心願。所以當她們宣布要在海外公演時，我就發誓一定要去。我原本以爲會去比較近的香港或台灣，沒想到竟然是巴黎！雖然路途遙遠，又要花不少錢，心中難免會不安，但這也是我一直想去觀光的城市，所以就當作「是 ANGERME 要帶我去巴黎」，狠下心訂了票。

──「帶我去」這個表達方式實在是太棒了……！你是一個人去的嗎？

貓頭鷹 雖然是一個人的旅行，不過我是先和在 Twitter 上認識的宅友交換資訊才去的。同時，我還向精通法語的人請教當地的物價及治安，並且告訴那些還不熟悉出國旅行的人怎麼訂飯店，以及需要攜帶的物品。

──御宅族之間的互助是很重要的。你有認識當地的御宅族嗎？

貓頭鷹 有！我把重複的生寫真（公式照、官方照）和大量的小卡帶到演唱會現場，逢人就問「你的推是誰？」然後再發給他們，結果大家都超開心的（笑）。

──多餘的商品竟然可以這樣有效利用啊！海外公演有哪些地方讓你覺得和日本不一樣呢？

貓頭鷹 當地御宅族的應援和歡呼與日本大不相同，讓人感到非常新鮮。登場時的尖叫聲真的是震耳欲聾！還有，這畢竟是日本的偶像在海外演出，所以日本宅宅坐在後排觀看，也讓人印象非常深刻。

──自己的推難得出國演出，當然會希望當地人能夠好好享受。就和特攝宅會在英雄秀上把前排讓給小朋友一樣溫柔！

貓頭鷹 反過來說，我們有時也會和特地來日本看演唱會的國外粉絲一起玩。有次我和日本宅友一起去唱卡拉 OK 時，他帶了一個從荷蘭來的早安家族粉絲（ハロオタ）來，結果我們喜歡的歌都一樣，超嗨的！後來，我們隔年還在巴黎重聚呢！

──原來早安家族粉絲遍佈全球呀……！

即使是社群媒體上,也能跨越國界!

──到目前為止我們主要談的是海外遠征,但我相信應該有讀者會覺得為了追星而出國是件門檻很高的事。

刺蝟 沒錯。特別是在現在受到新冠疫情的影響,出國簡直就是天方夜譚……但即使身在日本,還是可以跨越國界參加追星活動。像之前我的本命英國演員在 Twitter 上發文,說他「正在觀看足球世界盃日本對比利時的比賽」時,我就用英文回覆他:「要支持日本喔!」那場比賽雖然日本輸了,但卻有人留言對我說「輸了真的很可惜」。相隔千里,卻還是能夠與國外的本命即時分享樂趣,這都要歸功於社群媒體。

──透過 Twitter 與推一起觀看體育比賽,真的讓人熱血沸騰……!

灰熊 迪士尼有個傳統,會把在美國上映的「首映日」當作角色的生日來慶祝,所以我都會用簡短的英語留言「恭喜!」給有玩 Twitter 或 Instagram 的導演或動畫師,來祝賀他們。

──看起來這比粉絲信更能輕鬆地傳達對推的心意呢。

貓頭鷹 有時我會在社群媒體上與海外的粉絲互動。當我把 ANGERME 在日本舉辦的活動報告上傳到 Twitter 時,正在學習日語的海外粉絲竟然把它翻譯成英文,幫我轉發呢!而我自己也會看海外粉絲的投稿來學英文。

──社群媒體不僅是與本命之間的聯繫,也可以讓粉絲之間的關係更加密切呢!

實際交流時常用的英語句子

──接下來換個主題……可以與讀者分享你們在推活時常用哪些英文句子嗎？

灰熊 與其說是自己說的，不如說是經常被說的短句：「Have a magical day!」（祝你擁有魔法般的一天！）這是海外遊樂園的工作人員常說的一句話，運營（管理團隊）在郵件的最後也會用這句話收尾。以前在國外某個遊樂園的網路商店買東西，結果對方出了錯。寄出投訴信之後，收到回覆時，他們在信中也是這麼寫，當時就心想：「魔法就算了，拜託專業一點」（笑）。另外，我也會用「pal」（同伴、朋友）這個詞。在東京或國外遊樂園裡的角色見面會上，米老鼠會幫你簽名，而這個簽名的完整形式是「YOUR PAL, MICKEY MOUSE」（你的朋友，米老鼠）。所以當我寫信給國外的宅友時，就會效法米老鼠，在結尾寫上「YOUR PAL, GRIZZLY」，這樣就會讓人覺得「你懂的」。

──哦～！「夢想與魔法的王國」獨特的表達方式真的浪漫又美妙。

刺蝟 演出當天，想直接在劇場買票時，我會說「Can I get a ticket for tonight?」（我要買一張今晚的票。）在劇場的話，因為座位之間的走道非常狹窄，所以在走到自己的座位之前，「Excuse me.」（不好意思）這句話也滿常使用的。

──有有有，日本也是一樣（笑）。

貓頭鷹 Hello! Project 這個圈子裡很多海外的御宅族都會直接用日語，例如把「御宅族」說成「wota」，把「推」說成「oshi」，把「～醬」

說成「～chan」等等。「Hello! Project」就用「H!P」,「成員加入的時期」就簡稱為「gen」（generation）。

──聽到海外的御宅族用「wota」和「oshi」這些詞會有點開心耶！每個類別都有其獨特的表達方式，這很有趣。

外國影集是學英語的最佳方式

──想請教經常到海外遠征與宅友的交流、活躍於全世界的各位。你們是怎麼學習英語的？

🦔 **刺蝟** 想要脫口說英語，當然要有某種程度的字彙量，所以我認為重新學習基本的國中英語很重要，因為這個時期的英語課本內容真的很實用！另外，我也會看有英語字幕的外國影集。

🦉 **貓頭鷹** 我也是這麼做！

🐻 **灰熊** 像是在 Netflix 或 Disney+ 等平台上，搭配英文字幕來看那些台詞已經背到滾瓜爛熟的電影，應該會是一個不錯的方法。我很喜歡《小美人魚》中的〈Part of Your World〉這首歌，但有次我以為愛麗兒唱的是「bubble」，後來才發現原來她唱的是「up above」（笑）。

──有時候我們會以為自己已經背下來了，但還是搞錯台詞或歌詞，是吧（笑）。最近有很多學英語的應用程式，大家有推薦的工具嗎？

🐻 **灰熊** 我在手機上安裝了 Google 翻譯的應用程式，這樣在當地遇到困難時就能派上用場。而且離線也能使用，非常方便！

🦉 **貓頭鷹** Google 也有圖片翻譯功能吧。如果看不懂內容，我就會用手機截圖，然後進行圖片翻譯。

🦔 **刺蝟** 我是用 DeepL 翻譯。無法離線使用，但是翻譯的精準度非常高，值得大力推薦。

──自動翻譯應用程式果然是全球粉絲活動的必備工具！

英語是擴展世界的工具

──本書的讀者當中應該會有人會為了追星而去學英語。能請各位一一給他們建議嗎？

🐻 **灰熊** 學習英語讓我感到「靠這雙腳可以走遍全世界」，而這種感覺也會激勵我在日常生活中向前邁進。

🦔 **刺蝟** 英語是一種擴展世界的溝通工具。雖然疫情期間無法見到推很痛苦，但為了有一天能再次去現場，在家學英語其實也是一個不錯的選擇。

🦉 **貓頭鷹** 我曾經在旅途中用結結巴巴的英語與對方說話，結果被當地人問「Can you speak English?」（你會說英語嗎？），那時心裡頭真的很挫敗。但即使無法像母語者那樣流利地說英語，最起碼我們能聽懂自己的推在說什麼，或者用語言去支持他們，其實這樣就已經足夠了。

──謝謝你們給予讀者如此激勵人心的建議！

（收錄：2021年8月）

QUESTIONNAIRE

> 詢問了100位御宅族
>
> 全球推活情況

除了在座談會中發表講話的三位之外，我們還在日本國內外一百名御宅族的協助之下，做了一份問卷調查。不管是與國外宅友的回憶，還是海外遠征的必備品，接下來就讓我們來介紹這些充滿特色的回答吧！

（2021年3月，網路問卷調查）

Q. 你的推是哪一個類別？
（可複選）

最多的是「漫畫・動畫」（19%）。接著是「遊戲」（12%）、「日本的男偶像」（11%）、「海外的藝人・偶像（包括K-POP）」及「聲優」（10%）。「其他」這個選項的答案也非常多樣化，如「特攝」、「VTuber」及「文學」等。

領域	人數
漫畫・動畫	55
遊戲	35
日本男偶像	31
海外的藝人・偶像（包括K-POP）	30
聲優	30
外國戲劇和電影	24
寶塚、東寶等舞台劇	19
日本女偶像	16
2.5次元舞台	11
運動	9
視覺系樂團	6
其他	28

Q. 你在追星時使用的網路服務是什麼？

X（舊Twitter） 最多人使用，有54票！粉絲會用來分享資訊和心得、讓自己喜歡的推登上熱搜……等等，無論國內外，其用途似乎都相當廣泛。

Instagram	「越來越多的偶像開設官方帳號，已經成為推活不可或缺的一部分了！」「用來和各國的迪士尼粉絲交換資訊」等回覆特別多。
Discord	來自美國的社群媒體，用戶可以一邊與其他人通話或聊天，一邊玩遊戲，還能創建個人專屬的伺服器。問卷中，Discord 在國外相當受歡迎！
LINE	LINE 在日本享有壓倒性的高人氣。原本以為英語圈的人比較少用，但偶爾也會看到有人回應「我用 LINE 和宅友交流」。
其他	英語圈最大的二次創作平台 AO3（Archive of Our Own）、在美國人氣頗高的論壇 Reddit，以及專為 K-POP 偶像設計的直播應用程式 VLIVE 等。

Q. 想問問那些推在國外的人。可以與大家分享與推交流的小故事嗎？

布洛克
我會經在 Facebook 向喜歡的美漫作家詢問有關故事情節的詮釋，結果收到對方非常用心而且詳盡的回覆。

yottan
喜歡的樂團來日本時，我會社群媒體上留下「Welcome to Japan!」之類的訊息。每次留言的時候，都希望他們會看到。

咪咪
我曾經非常努力地一邊查字典，一邊寫了一封英文信，結果對方回了一封很長的信，讓我挫折感大到回不了信。這是大概 20 年前，還沒有線上翻譯服務的時候發生的事。

TACHI
在東京舉辦的世界最大規模之一的流行文化活動「東京 Comic Con」上，我喜歡的推以嘉賓身分來到了現場。他們特地從國外來就已經非常讓人感激了，幸運的是，我還買到了攝影會的票，順利地與他拍了一張合照。我只記得他身上超～級香，而且腿好修長！

Q. 曾經與海外宅友交流過的人，可以與我們分享經驗嗎？

香奈
去澳洲短期留學的時候，和語言學校裡的一位同班同學非常要好，但我發現她有時候會偷偷摸摸地看手機螢幕。後來才知道原來她也在看二次創作，而且還是我喜歡的作品，之後我們的關係又變得更加要好。

鹿子
朋友的朋友是馬來西亞人，我們三個人都很喜歡 Hello! Project，所以只要他來日本，我們就會一起去吃飯，還在田中麗奈宣布即將從早安少女組畢業時，在社群媒體互相安慰。至今我們三個還保持聯繫呢。

前梨
我現在正在用一個隨機國際筆友服務，叫做 Postcrossing。有次，我發現有個人在個人檔案上說他喜歡動畫，所以我就寄了一張有動畫角色的明信片給他，他非常高興。

自以為是的溝鼠
去看東京電玩展時，有位巴西人跟我攀談，我幫他找到他喜愛的遊戲創作者參加的講座舞台。結束後看到他和講者合照時激動得眼泛淚光，我也忍不住地哭了起來，最後兩個人抱在一起大哭，這件事我永遠都不會忘記的。

七葉樹
我曾經在推特上發了一篇有關韓國偶像握手會的推文，結果國外的粉絲幫我翻譯成英文。不少留言來自亞洲地區，而且數量多到讓我訝異不已。

來自美國的 Herbs
以前住在日本的時候認識了一位日本朋友，我們經常一起討論最新的遊戲，或者互相展示自己的收藏模型。因為興趣相同，而且對這些充滿了熱情，所以每次聊天都會特別開心！

來自紐西蘭的匿名者
我有次和一位日本粉絲一起去看音樂劇。一開始她和我都非常害羞，開演之後，我倆都被舞台給吸引住了。演出結束後，兩個人還不停地分享彼此的感想。那一刻，彼此之間的隔閡竟完全消失了。

Q. 曾經為了追星而海外遠征的人，可以與讀者分享你們的經驗嗎？

YUSAMURA｛ 應援的偶像在台灣公演時，我用不太流利的英語和剛好坐在旁邊的韓國女生聊天，一起觀賞演唱會。頓時感受到「世界和平真的存在」。

史黛拉・雷・露｛ 我去了美國的華特迪士尼世界度假區。雖然完全不會說英語，但「對推的愛」就是我們的共同語言，讓我感覺我們的宅力是打遍天下無敵手……。

MISAO｛ 我去台灣看了世界青少年花式滑冰錦標賽。冠軍採訪結束後，我碰巧在飯店的電梯大廳遇到了美國選手周知方（Vincent Zhou）。當時的我，用不太流利的英語對他說：「恭喜！你的表演實在是太精彩了！」說完之後，他竟微笑著和我握手。

吉娃娃混貴賓犬的飼主｛ 友人應援的偶像（《偶像大師 SideM》的清澄九郎）在遊戲活動中提到他曾經在芬蘭工作，我和朋友聽了之後，決定一起去芬蘭。除了能以較便宜的價格成行，以及都喜歡《義呆利》（Hetalia）和北歐文化等理由之外，最主要的原因，還是「想要親身感受九郎的存在」。

艾莉諾・利戈比｛ 18歲的那一年冬天，我造訪了披頭四迷心目中的聖地之一「艾比路」（Abbey Road），並且模仿保羅・麥卡尼（Paul McCartney）的心情穿越了馬路。走到艾比路錄音室附近時，有一位外國粉絲和我搭話，所以我結結巴巴地用英語和他交談。但是能和海外的御宅族交流，也算是一個美好的回憶。

KAJI醬｛ 喜歡的女偶像因為會參加在菲律賓舉辦的動漫活動，於是我也趁機以短期留學的方式去菲律賓。迷路的時候，當地有位女孩用簡單的日語與我搭話。原來她喜歡日本動畫，所以學了日語。後來我們一起參加活動，留學期間還一起出遊。她來日本的時候我們還一起去吃飯，至今依舊保持聯繫呢。

Q. 想要請教曾經為了推活而到海外遠征的朋友。
追星有哪些不能少的東西呢？

Saizo
為了證明自己曾去聖地，**手機或相機是必備的**！而且大部分室內都是直接穿鞋進去的，如果能帶上一雙室內拖鞋的話會比較方便。

MomO
一定要帶**行動電源和行動Wi-Fi**，這樣才能隨時掌握資訊。參加演唱會時，人潮通常會擁擠不堪，建議大家用**肩背包**替代大包，這樣會比較方便。

(TSU)
記得帶**無鎖定SIM卡的手機或平板**，這樣才能使用當地的預付SIM卡。

吉娃娃混貴賓犬的飼主
我會提前將「我想去這個地方」這個句子翻譯成當地語言，目的地、地址和地圖也會先列印出來。就算遇到手機沒電這個最糟糕的情況，只要把列印出來的資料拿給當地人看，應該就不會有問題。

弗朗桑
日本的點心零食（方便分送的小包裝）。因為我曾經在演唱會的場地收到許多外國人給的應援物品，所以應該多帶一些日本零食去，這樣就能回禮。

Mochi
海外音樂劇的節目表往往尺寸不一，許多都找不到合適的袋子裝，所以帶個**托特包**會比較方便。如果行李太大，那就需要寄放在劇場內的付費寄物處，因此建議大家帶個**可以折疊收納的輕便手提包**。演出結束後若在場外等候，就有機會拿到簽名，因此不妨帶支簽字筆，但切勿強求喔！

香奈
國外的迪士尼樂園最常見的伴手禮，就是馬克杯和擺飾品，但是店家提供的包裝材未必可靠，所以我會建議多帶幾條毛巾來包裝。另外，徽章交換文化在國外的遊樂園可說是根深柢固，因此準備一些日本的**大頭針徽章**去交換的話，對方通常會非常開心，而自己也能換到稀有徽章，相當有趣。

OIMO
堅強的心。海外遠征難免會遇到心力交瘁的時候，所以一定要堅持下去。

ENGLISH FOR
OSHIKATSU

INDEX

索引

單字索引

英・數・符號	
（台上與台下的）呼應互動	039
（被～）認出來／認知	029
（與～）握手	041
（與～）交談	041
（與～）合照	041
（與～）同擔	012
（與～）拍拍立得	041
（與～）擊掌	041
～情境／～PARO／戲仿	028
2.5 次元	014
CM	031
NG 片段	034

一畫	
一日粉／跟風粉	018
一般發售	036
一樓座位	037

二畫	
二手店	043
二次元	014
二次創作	031
二樓座位	037
入口	038
入場	037

三畫	
三次元	014
上架～	043
上發燒／上趨勢	044
上傳影片	044
千秋樂／終場	040
大廳	038
女演員	030
小心機	017
小說	031

四畫	
中場休息	040
中選	036
分享～	045
分析／解析	024
引用轉推	045
戶外演唱會	039

手幅	043
手燈／螢光棒	043
日間場次	040
片尾字幕	032

五畫	
主持人	033
主唱	034
主推／大本命	011
主演～	032
主題曲	032
出口	038
出道	035
加場演出	040
台詞	040
外燴	038
布幕	038
未公開片段	034

六畫	
交易卡／收藏卡	043
交流會／見面會	041
伏筆	025
休閒玩家	018
先行發售	036
全國巡迴	039
同人作家	030
同人展	031
向～提問	041
回覆～	045
在 IG 曬美照	045
在宅粉	021
字幕	032
宅活	013
守在入口等～	041
守在出口等～	041
安可	039
成功標到～／得標	043
曲目表	039
次元不同／等級不同	017
死忠粉／鐵粉／重度玩家	018
老粉	019
自拍	045

170

衣帽間	038

七畫

作曲	034
作家	030
作詞	034
即興表演	040
即興笑話	033
坑	015
扭蛋	042
扮演～的角色	032
把信交給～	041
改推～	012
沒通過試鏡	035
狂熱的／死忠的	019
見解／解釋	024
角色扮演	031
走道座位	037
身份確認	037
初日／首場	040
初見	019

八畫

刷關	027
取消	036
取消預約	036
周邊	042
周邊商店	042
官方的／正式的	021
店內活動	041
延期	036
抽卡	026
抽獎／抽籤	042
抽籤	036
抽籤結果	036
拍賣	043
拍攝影片	044
服務台	038
服裝	038
沸騰了	015
玩偶／娃	023
直播	033
表演影片	034
長期公演	040

九畫

封鎖～	045
後台	038
按～的讚／給～高評價	045
活動心得／REPO	039
珍貴畫面	034
科幻片	032
訂閱頻道	044
訂購～	042
重返演藝圈	035
重新開始活動	035
重演	040
重課(氪)金	026
限制進場	037
限量發售	036
音樂節目	033
音樂劇	039
音樂錄影帶	034
音響設備	038
首批限量版	042
個人演唱會	039

十畫

原作	031
座位	037
庫存	042
浮上～	025
海外巡迴	039
特典	042
留言	044
真愛粉／GACHI戀／(對～是)真愛	017
神對應／完美對應	029
站席	037
粉絲見面會	041
粉絲圈／飯圈	013
紙花	039
記者席	037
起立鼓掌	040
起爭議／炎上	045
追蹤～	045
退出演藝圈	035
退款	036
退團	035
送禮物給～	041
配對／CP	028

十一畫

偶像	030
動作片	032
動畫	031

匿名投稿	045	發推文	045
參加（〜的）試鏡	035	短劇	033
參加（〜的）演出	032	給〜負評	045
參加所有場次	037	萌	016
售罄	042	虛擬歌手	031
唱見歌手	030	視覺系（V系）樂團	030
唱歌	033	貴賓席	037
將〜改編爲眞人版	031	進貨〜	042
將〜改編爲動畫	031	開箱影片	044
將〜換成…	042	**十三畫**	
專輯	033	愛情片	032
彩妝影片	044	搖滾區	037
彩排	038	搜尋〜	045
得獎	035	搞笑藝人	030
御宅族／宅宅／極客／迷	013	搶先上映	032
排	037	新刊	031
排隊	042	新粉	019
掛軸	043	新歌	033
推坑／傳教／安利	022	暖場表演	039
推團	012	會場	037
現友	020	當日票	036
現場	020	節目表	040
祭典	039	經紀公司	034
祭壇	022	罪惡／罪孽深重	016
第〜季	031	聖地巡禮／朝聖	023
被〜挖掘	034	落選	037
被召喚／升天	016	號碼牌	036
販賣〜	042	解散	035
通過試鏡	035	話劇	039
連抽	026	跳舞	033
十二畫		遊戲	031
喜劇	040	遊戲實況影片	044
喜劇片	032	運動員	030
單曲	033	運營（營運）／官方團隊	021
單推／唯粉	011	道具	038
報名〜	034	道歉石	027
尊	015	零課（氪）金／無課（氪）金	027
悲劇	040	電子票券	037
普通版	042	電視節目	032
最前排	037	電視劇	032
發布〜	031	電視廣告	033
發布影片	044	電影	032
發行票券	036	電影上映	032
發送私訊給〜	045	預告片	032
發售活動	041	預約	036

預售票	036
鼓掌	040

十四畫

團扇	043
夢女	028
奪冠	035
幕後花絮	034
截圖	044
歌手	030
歌詞	033
演技	032
演奏～	034
演員	030、040
演唱會	039
漫畫	031
綜藝節目	033
網友	020
網聚	023
舞台	038
舞台右側	038
舞台左側	038
舞台側幕	038
舞者	034
舞蹈練習影片	034
語彙力／詞彙量	014
說明欄	044
輕小說	031
遠征	020

十五畫

劇透／破梗／捏他／暴雷	024
劇團	039
寫手	030
廣告	045
廣播節目	033
影片創作者	030
播放電視節目	033
播放影片	044
暫停活動	035
樂團	030
模仿	033
潛水者	045
箱推／團粉	011
線上見面會	041
線上商店	042
編舞（名詞）	033

編舞（動詞）	034
編輯影片	044
請～簽名	041

十六畫

導演	040
整人	033
激推／忠實粉絲	011
燈光	038
頭條新聞	039
頻道訂閱數	044

十七畫

儲值／課（氪）金	027
壓克力立牌	043
壓克力鑰匙圈	043
壓軸表演	039
應援	029
戲劇	039
縮圖	044
總彩排	038
聲優／配音員	030
謝幕	040
購買～	042
餵糧／供給	021

十八畫以上

轉推	045
離場	037
爆紅	045
繪師	030
藝人	030
類別	012
饒舌	034
饒舌歌手	034
續集	032
變更～的計劃	036
罐徽章／錫製徽章	043
鹽對應／敷衍對應／冷處理	029
觀看～直播／聽～直播	025
觀看次數	044
觀劇鏡	040

句子索引

英‧數‧符號

(對比賽結果) 好可惜喔！	151
(對比賽結果) 恭喜獲勝！	150
(最近的) 洗手間在哪裡？	144
～供給不足，求餵糧……	128
○○和▲▲的互動實在是太棒了！	094
12 點整一起發推，讓這個主題標籤登上熱搜吧！	100
40 歲還能這麼年輕？根本就是吃了防腐劑！	089
CD 特典的小卡可以換成他們的自拍嗎？	131
MC 太鬧了啦，笑瘋！	122
MV 什麼時候公開？	133

一畫

一不小心就課金了……	117
一旦入坑，整個世界都會閃閃發光喔。	108
一旦入坑就回不去了，因為這是一個美好的地獄……	108
你一定會找到自己的本命的啦！／一定會有個讓你栽進去的人！	111
一直都很期待你的新作。	054
一個身體不夠用。	114
一起讓新歌進榜吧！	100

二畫

入坑永遠不嫌晚。	107

三畫

下一次預定什麼時候來日本呢？	133
下一場演唱會，～會來嗎？	133
也想看看清爽簡潔的造型！／簡單一點的造型感覺也不錯！	131
大家的動作都精準到位。	097
大家的舞蹈動作完美同步。	097
大家都沒發現她跳舞變超強的嗎？	091
工作加油！	065
工作和學業都要兼顧，真的很辛苦！	059
已經等不及要看第二季了……	093

四畫

不，這是現實。	050
不用在意酸民。	129
不好意思，我坐錯位置了。	147
不好意思，粉絲信和禮物要寄放在哪裡？	145
不好意思，請問是不是坐錯了呢？	146
不知不覺就一口氣追到最後一集了。	093
不要太勉強自己。／別太緊張啦。	065
不要太累喔。／好好照顧自己喔。	065
不要再被物欲牽著鼻子走了！	118

174

不要多問，看就對了。	109
不要對自己太苛刻了。	061
不買對不起自己。	113
不會讓你後悔的。	108
什麼什麼？	105
什麼時候開場呢？	143
今天又是爲我的推努力的一天！／今天也要爲了本命加油工作！	088
今天依然可愛（帥）到犯規！	052
今天的演唱會太精彩了！	055
太犯規了。	104
太扯了吧！	105
太神了這一集。	093
太懂宅宅的心了！	137
心跳加速。	087
手滑衝動購物了……	117
方便交換聯絡方式嗎？	151
日本買得到周邊嗎？	135

五畫

世界級的可愛！	053
他天生就是當明星的料。	091
他太尊了……	087
他完美地宰制了一切。	090
他的才華被低估了。	091
他的高音非常有力。	091
他的歌聲很穩定。	090
他很有領袖魅力（偶像氣質）。	089
他是C位的不二人選。	090
他是大家可靠的隊長。	090
他是我們日本人的驕傲。／他是日本之光。	089
他是表情管理的天才。	091
他們現場根本是行走的CD！	123
他最近在戲劇裡的表現太優秀了，希望之後能給他更多演戲的機會。	131
以後也要繼續產出好作品喔！	131
以後也請繼續當個照顧粉絲的貼心運營！	131
充滿了官方的愛。／運營太寵粉了！	137
出道五週年快樂！	059
只有入坑，沒有脫粉！	108
只要推看起來幸福就夠了。	087
可以告訴我預定的維護時間嗎？	133
可以和你握手嗎？	057
可以拍照或錄影嗎？	142
可以拜託你賣個萌嗎？／可以做個可愛的動作嗎？	057
可以帶團扇（螢光棒／手幅）進場嗎？	143
可以跟我拍張照嗎？	057
可以請你安靜一點嗎？	147

可以請你把扇子（手幅）拿低一點嗎？我看不見舞台了。	147
可以幫我跟這張海報拍照嗎？	145
可以幫我寫個留言嗎？	057
可以幫我簽名嗎？	057
可以讓我看看你的票嗎？	147
未經授權，請勿轉載。	100
本來只是輕鬆玩玩，沒想到竟然入坑了。	095
本命也有益美容。／推是最好的保養品！	107
本命有益健康。	107
本命角色死了，我明天要跟公司請假。	094
本命超尊。	087
本尊根本可愛一百倍！	053
正在等一般發售。／已經準備好錢包了，就等開賣。	115
正解。	103
生日快樂！	059

六畫

先冷靜一下。	105
先追再說啦。	109
先從這部影片開始吧。	109
光速秒殺……／手速根本比不上賣光的速度……	118
全世界都成了你的俘虜。	050
吉他 solo 加油！	122
回去前先來當一下觀光客。	125
回過神來，自己已經重刷五遍以上。	094
因為你，我成為了世界上最幸福的宅宅。	063
多虧了運營，我每天都玩得很開心。	138
她在短時間內成長超多。	091
她的天籟之音遲早會被世界聽見……！	096
她的舞台氣場也太強了吧！	090
她的舞蹈太強了。	091
她的舞蹈從未讓我們失望。	091
她非常全能。	090
她是絕對王牌。	090
她是團體未來的希望。	089
她負責搞笑。	090
好久不見，真的很高興見到你！	049
好好休息喔！	065
好的，我要來當散財童子了～！／完蛋，我要剁手了！	088
好期待喔，是吧？	150
好想全包喔～／選擇障礙又犯了！	117
好想跟～呼吸同樣的空氣。	125
好想趕快寫心得喔……！	123
好想擦去記憶再看一次喔。	093
好緊張喔。	150
如果有電視或雜誌的通告可以提前透露嗎？	131

成功入手特典了！	119
成為你的粉絲是我的驕傲。	051
有人坐在我的座位上。	147
有人想用▲▲換我的○○嗎？	119
有沒有人看了今天的電視節目？	100
有沒有哪場演唱會讓你印象特別深刻？	099
有意參加者請在下方留言或私訊。	101
有會說日語的工作人員嗎？	148
自從看了～之後，我就成了你的粉絲。	049
行程什麼時候才要出來……	113

七畫

你一定會紅起來的！	061
你入坑幾年了？	099
你今天的服裝造型好殺！	054
你太多才多藝了。	054
你去過日本嗎？	150
你只要活著，就是粉絲福利。	050
你在排隊嗎？	148
你有在用什麼社群軟體嗎？	151
你的努力一定會開花結果的！	060
你的氣場太強了（魅力值爆表）！	054
你的笑容總是療癒了我。	051
你的推是誰？	099
你的歌聲是我活下去的動力。	055
你的歌聲淨化了我的靈魂。	055
你的興趣是什麼？	056
你前陣子的表演，真的相當精彩！	055
你是世上最耀眼的那顆星！	051
你是我生活的支柱。／你是我活下去的理由。／你是我的精神糧食。	051
你是我的推。	048
你是怎麼入坑的？	099
你根本就是天使下凡！	053
你從哪裡來？	150
你喜歡什麼類型？	099
你喜歡哪部作品？	099
你喜歡這種類型，對吧？	107
你最喜歡哪個人啊？／你 pick 誰啊？	111
你棒到讓我心好痛。	050
你會淪陷喔。／你會上癮喔。	108
你經常來看演唱會（舞台劇／比賽）嗎？	151
你對工作的態度（熱忱）令人敬佩。	051
你對這個場景有什麼看法？	100
你覺得他哪一點最圈粉？	099
別急，慢慢來。	061
完了，GG 了啦。	104

完全同感！／我們是靈魂雙胞胎吧？	103
完全懂。／飯圈人懂的。	103
完美的運鏡。	097
希望可以將粉絲的意見納入考量。	129
希望可以辦新的活動！	129
希望每個成員在音樂節目和影片中的鏡頭時間能平均分配。	130
希望明年、後年，甚至未來的每一年，都能一直一起慶祝。	059
希望能出 CD（DVD）！	130
希望能跟～合作！	129
快被可愛死。	053
我（特地）從日本的～來見你。	049
我一直很想見到你。	049
我已經把電子票列印出來了，可以用這個代替驗票嗎？	148
我不相信！	105
我太緊張了，想說的話全部忘了。	049
我支持你已經 10 年了。	049
我可以把這些照片和影片上傳到社群媒體上嗎？	144
我可以和你一起拍張照嗎？	151
我可以腦補一整晚。	092
我在做夢嗎？	050
我在瘋狂收集這些周邊！	118
我好想要票。	113
我好感動……	094
我好感動喔。	150
我希望能和你一起站在世界的頂端！	061
我找到～的簽名了！	125
我把～帶回家了！	119
我來助攻了！	114
我來養你！	088
我抽到好位置了！	115
我抽到周邊了！太感激了！	137
我的人生結束了。	104
我的目標是收集所有推的周邊。	118
我的安利沒有白費……／賣力推坑，終於有人跳下來了……	111
我的座位在哪裡呢？	143
我的推天下第一！	087
我的救世主。	089
我的視線深深被你吸引。	050
我的摯愛／心肝寶貝！	089
我保證妳一定會喜歡！	108
我是第一次來見你！	049
我要狂囤他們的 CD。／我要把 CD 疊成一座小山。	119
我要到哪裡排隊呢？	143
我要買三本，一本欣賞、一本收藏、一本傳教……	116
我要舉辦一場線下聚會（粉絲聚會／同好見面會）。	101

178

我們互加好友吧！	151
我們永遠都是你的後盾。／我們會永遠支持你。	061
我們家孩子根本就是無敵的！	111
我們這些粉絲正在計畫共同製作留言版。	101
我們這些粉絲要不要集資做個應援廣告呢？	101
我能感受到他們對粉絲滿滿的愛。	123
我能感受到創作者滿滿的愛意。	094
我從日本來的。	150
我深深著迷於你。	050
我被這部作品的世界觀深深吸引。	094
我連不上 Wi-Fi，電子票顯示不出來。	148
我喜歡你的歌。／你的歌直接戳中我的心！	055
我喜歡那個場景的編舞。	096
我無法用言語表達我有多愛你。	050
我無法登入，該怎麼辦？	133
我超期待這個活動的！	139
我進不去線上見面會的房間，該怎麼辦？	134
我想全勤所有場次！	113
我想找一些平常可以用的周邊。	119
我想把你推進～的坑裡。	107
我想和來自世界各地的人交朋友！	099
我想要守護這個笑容。	088
我想參加音樂節目的錄影，有沒有專門帶日本人去的團呢？	134
我會永遠為你應援。	064
我會借你 DVD 的！	109
我跟推的眼神相撞了！	121
我懂。	102
我還沒認輸。	115
我斷片了。／我當機了！／我的腦袋一片空白。	122
我覺得接下來會有更多人入坑。	139
我覺得燈光可以再加強。	131
抖到不行。	179
每次抽獎都槓龜。	118
每個版本都想要。／通通給我包起來！	117
求上架串流！／請開放直播！	130
求支援！／集氣！	114
求日文字幕！	130
系統當掉了……	114
在見面會上可以和自己喜歡的成員握手嗎？還是成員是隨機分配的？	135
那一段旋律根本有毒！	096
那段饒舌太強了！	097
能和你生在同個時代是我這輩子最幸福的事。	062

八畫

來跟人形立牌打個招呼吧！	125
到哪裡買專輯才能在他們的國家打榜呢？	134

周邊的資訊終於出來了！	117
周邊預計什麼時候到貨呢？	135
奇蹟的40歲！／逆生長的40歲！	089
抱歉，借過。	147
抱歉沒幫到你。	115
明年的出道週年，希望能在演唱會上一起慶祝！	059
直播斷線了，該怎麼辦？	133
阿宅都愛這一款。	107

九畫

前幾天的舞台你把○○這個角色演活了！	055
很高興能和你聊天。	051、151
很高興認識你！	150
拜託出這套衣服的壓克力立牌。	131
拜託投票給這位練習生！	101
拜託給她多一點歌詞！	130
為什麼可以萌成這樣？	053
為什麼這張票不能進場呢？／為什麼我的票不能用？	148
看一次你就會懂的。／看過一次就會被圈粉的。	109
看了保證容光煥發！	109
看我這邊！	122
看到～在眼前唱歌跳舞……哭了。	121
看到第10集左右就棄坑的人，拜託再給一次機會啦……	110
看得出製作公司這次下重本，玩真的！	110
看就對了。	109
美到讓人忘記呼吸。	053
美貌暴擊！	053
耐玩度超高喔！	095
要不要一起吃個飯再回去？	151
要好好犒賞自己，吃些美食喔。	085
要保重身體喔！	065
要買幾張CD才能換到握手券呢？	134
要趁能推的時候用力推。	107
要衝洛杉磯嗎？	113
計程車（公車／火車）要去哪裡搭？	145
重灌後不見的資料要怎麼救回來？	133

十畫

剛買的手燈太暗了，可以換一支嗎？	135
原作的還原度很高。	093
原作劇透，動畫黨慎入！	100
原來我的推真的存在。	121
唉，心好累。	104
差點忘記呼吸。	122
恭喜你畢業了！	059
恭喜榮獲排行榜第一名！	058
挫折會讓人更堅強。／經得起打擊，才能變得更強	061

振奮人心的展開。	094
眞的假的？	105
眞的就是這樣！讓我們朝一億次	103
眞是等不及發售日了！	139
眞捨不得開箱！	119
祝你有個美好的一年。	059
笑死。／笑翻。	104
能盡快修好這個 bug 就太好了。	129
能來到取景地，感慨萬千，難以言喩。	124
退一萬步來說，這太神了。	087

十一畫

國寶級美男子。	088
寄物櫃在哪裡？	144
排名不代表一切！	061
推薦愛～的人必追。／～飯絕對要補！／～控快來看！	108
淚崩。／哭哭。	104
深深地吸一口氣……！／深呼吸，冷靜一下！	125
現在正是各種伏筆回收的最高潮。	110
現在追還能趕上最新一集喔！	110
現場嗨翻天了！／會場快要炸開了！	121
眼睛的保養。	089
票已經給工作人員看過了。	148
累了就休息一下吧！	138
荷包君失血過多。／買太多了。	117
被他（她）那迷人嗓音撩到受不了……	095
被可愛暴擊了！／可愛到爆表。	053
被周邊包圍的幸福感滿滿……	119
被餵糧餵到快要幸福死！	136
這一包裡面有幾張收藏卡？	135
這也太天才了吧。	105
這也太犯規了啦！	105
這也太辣了吧！	054
這可是我聖地巡禮的戰利品呢！	125
這正是我夢寐以求的！	137
這次合作太棒了！	095
這次的公演錯過就不會再有了。	113
這次的周邊超對我的胃口！	117
這次的活動讓人吃盡苦頭。	095
這次的概念太棒了！	139
這角色完全就是爲你量身打造。	055
這些歌詞陪我度過最難熬的時光。	055
這季的作畫超神。	093
這季的動畫每部都超好看。	110
這是全人類都該上的必修課。	107
這是我第一次出國看演唱會！	149

這是我臨終前的美夢嗎？／捏我一下，這是真的嗎？	121
這首新歌很洗腦。	096
這首歌太神，我無限循環中！	096
這個角色太強了！	095
這個角色是由〜配音的！	111
這個角色設計太出色了。	095
這個座位號碼對嗎？／我這個位子是這裡沒錯吧？	143
這個場地有 Wi-Fi 嗎？	144
這套服裝簡直是為他們量身打造！	097
這根本就是宅宅的腦洞嘛／這簡直是粉絲向嘛。	094
這根本等於不用錢吧！	112
這唱功太神了⋯⋯！	096
這部日常番很療癒喔！	110
這就是主角們最後相遇的那個樓梯啊！	125
這款遊戲深得我心（精準滿足玩家需求）⋯⋯	138
這裡禁止拍照。	147
這遊戲是神作！／這遊戲太神了吧！	111
這歌單也太狂了吧。	120
這腿看起來簡直有五公尺長。	123
這舞技把我電到不行。	097
這麼晚還在忙，辛苦了！	138
這樣我就能繼續活下去了！／感覺可以靠這個再活五百年！	123
這顏值也太不科學了吧？	088
連馬尾的髮梢都在跳舞！	097
連續三天都有更新，神到不可置信！	137
都抽到極限了，還是沒抽到我推。	118

十二畫

單飛出征！	115
換裝的橋段超讚！	121
揮螢光棒揮到手快斷了！	123
最近〜真的進步很多，根本判若兩人！	111
最後一幕相當耐人尋味。	093
最強 CP 來了！／地表最強組合登場了！	122
最喜歡的美食是什麼？	057
期待你未來的精彩表現。	065
期待你有一天能來日本。	051
期待續集。	093
無法用言語形容⋯⋯	087
無論你選擇哪條路，我都會為你加油的。	065
等等，我受不了，要瘋了。	086
等等，我確認一下行程！	115
結局超震撼喔。	110
萌到讓人想要保護他。	088
視線完全移不開。	054
買到的徽章，重複率高得驚人。	118

超級贊同。	103
超羨慕第一次讀這個的人。	110
開始預購囉！	113
開箱儀式開始。	119
開賣就秒殺。	115
隊伍的最後面在哪裡？	143

十三畫

想按一百萬個讚！	103
想看完整的表演！	130
想要複製這個構圖！／想要還原劇中的場景！	125
想像自己在演唱會場的樣子！	114
感謝你們為暫停活動的成員保留位置。	139
感謝你讓我的每一天都充滿了笑容。	063
感謝發行日文版。	139
感謝推出方便的新功能！	138
感覺可以多活幾年。	123
感覺明天也能繼續加油了！	063
感覺就像是自己的事一樣開心。	059
搞笑跟虐心的部分，安排得超完美！	111
新手入坑的首選是～。	109
新專輯讚到爆炸！	096
新髮型超級適合你！	054
羨慕死了啦！	104
腦內硬碟快給我拍好拍滿！	121
跟我揮揮手！	122
跪求開放網購周邊。	129
遊戲現在是不是有 bug？	133
運營太過勞累了，好讓人擔心！	138
運營認真起來了！	137

十四畫

對了，該去積點功德了。	114
敲碗完整版！	130
歌詞太催淚了。	096
緊急維修辛苦了。	138
舞台的氣場超強。	122
認同到不行。	103

十五畫

劇院在召喚我。	114
劇情很有趣。	095
線上見面會的畫面卡住了，該怎麼辦？	134
線上見面會聽不到聲音，該怎麼辦？	134
請上傳舞蹈練習室影片。	130
請不要往前傾。	147
請不要插隊。	148
請不要劇透。	100

請叫我～！	057
請再來日本！	051
請問吃的要去哪裡買？	144
請問有賣節目表嗎？	144
請問周邊要去哪裡買？	144
請問要怎麼辦理退票？	134
請問粉絲信及禮物要寄到哪裡呢？	132
請問號碼牌在哪裡抽呢？	143
請問遺失物要在哪裡領取呢？／請問失物招領處在哪裡呢？	148
請推出自動戰鬥功能。	129
請給我這個周邊。	144
請認真看待用戶問卷的調查結果。	129
請幫我取個綽號！	057
輪到你幸福了！	061
靠自己抽到推的周邊，好開心！	118

十六畫

燈光一暗下來後，看到那個剪影，我的雞皮疙瘩都起來了！	121
錢不是問題。	114
錯過會遺憾終身。	113
懂！	103

十七畫

總之，我真的很愛你！	049
總之，每樣先來一個。	117
謝謝你PO了這麼讚的照片！	063
謝謝你來到這個世界。	063
謝謝你們在經歷了這麼多困難之後，仍然沒有解散。	063
謝謝你們長久以來對我們團體的支持。	139
謝謝你們為了製作更好的作品所付出的努力！	137
謝謝你們讓～有機會參加演出！	139
謝謝你帶給我幸福。	063
謝謝你對我的留言按讚。	063
謝謝即時處理！	138
謝謝更新。	137
還有現場票嗎？	143
雖然會掉進時間的黑洞裡，但值得。	108

十八畫以上

顏值爆表！	054
騙人的吧？／不會吧！	105
競爭太激烈了。／比樂透還難中。	115
饒舌部分太令人震撼了！	097
歡迎大家留言。	101
歡迎追蹤和留言！	098
歡迎掉進～的坑。	106
體感時間5秒。／一眨眼就沒了。	123
讓我們一起慶祝～的生日吧！	101

讓我們聊個痛快吧！ ……………………………………………………………… 101
讓我們朝一億次播放的目標邁進吧！ ………………………………………… 100
讓我進貢！／把我的錢拿去！ ………………………………………………… 088
讚到爆炸。 ………………………………………………………………………… 087

推活讓世界更寬廣！英語篇

編　　　者	學研Plus
監　修　者	劇團雌貓
插　　　畫	あわい Awai
譯　　　者	何姵儀

責任編輯	杜芳琪 Sana Tu
責任行銷	曾俞儒 Angela Tseng
封面裝幀	木木Lin
版面構成	黃靖芳 Jing Huang
校　　對	黃蓁荺 Bess Huang

發 行 人	林隆奮 Frank Lin
社　　長	蘇國林 Green Su

總 編 輯	葉怡慧 Carol Yeh
日文主編	許世璇 Kylie Hsu
行銷經理	朱韻淑 Vina Ju
業務處長	吳宗庭 Tim Wu
業務主任	鍾依娟 Irina Chung
業務秘書	陳曉琪 Angel Chen
	莊皓雯 Gia Chuang

發行公司	悅知文化　精誠資訊股份有限公司
地　　址	105台北市松山區復興北路99號12樓
專　　線	(02) 2719-8811
傳　　真	(02) 2719-7980
網　　址	http://www.delightpress.com.tw
客服信箱	cs@delightpress.com.tw

ISBN：978-626-7537-79-4
初版一刷 | 2025年04月
建議售價 | 新台幣399元

本書若有缺頁、破損或裝訂錯誤，請寄回更換
Printed in Taiwan

國家圖書館出版品預行編目資料

推活讓世界更寬廣！. 英語篇／劇團雌貓作；何姵儀譯. -- 初版. -- 臺北市：悅知文化精誠資訊股份有限公司,2025.04
192面；14.8×21公分
ISBN 978-626-7537-79-4（平裝）

1.CST：英語 2.CST：讀本

805.18　　　　　　　　　114001877

建議分類 | 休閒趣味・語言學習

原作Staff List
〔企劃・執筆・編輯〕澤田未來 Miku Sawada
〔藝術總監〕北田進吾 Shingo Kitada
〔原書設計〕キタダデザイン Kitada Design inc.

著作權聲明

本書之封面、內文、編排等著作權或其他智慧財產權均歸精誠資訊股份有限公司所有或授權精誠資訊股份有限公司為合法之權利使用人，未經書面授權同意，不得以任何形式轉載、複製、引用於任何平面或電子網路。

商標聲明

書中所引用之商標及產品名稱分屬於其原合法註冊公司所有，使用者未取得書面許可，不得以任何形式予以變更、重製、出版、轉載、散佈或傳播，違者依法追究責任。

版權所有　翻印必究

Sekai ga Hirogaru Oshikatsu Eigo
© Gakken / Awai
First published in Japan 2022 by Gakken Plus Inc., Tokyo
Traditional Chinese translation rights arranged with Gakken Inc.
through Future View Technology Ltd.

線上讀者問卷　Take Our Online Reader Survey

即使無法像母語者那樣流利，
起碼能聽懂推在說什麼，
或者用語言支持他們，
這樣就足夠了。

————《推活讓世界更寬廣！英語篇》

請拿出手機掃描以下QRcode或輸入以下網址，即可連結讀者問卷。
關於這本書的任何閱讀心得或建議，歡迎與我們分享 ☺

https://bit.ly/3ioQ55B